REGINA + GIUSEPPE DE FACENDIS

EXEL

Teil 3: Die Dummheit stirbt zuletzt!

Herstellung und Verlag:
BoD – Books on Demand, Norderstedt.
ISBN: 978-3-7481-9928-1

»Zwei Dinge sind unendlich, das Universum und die menschliche Dummheit, aber bei dem Universum bin ich mir noch nicht ganz sicher.«

– Albert Einstein –

Prolog

Als wir zu Beginn dieses Buches erste Überlegungen über den Verlauf der Geschichte anstellten, kam uns eine außergewöhnliche, unserer Meinung nach brillante Idee in den Sinn. Sowohl Exel, der Held unserer beiden ersten Bücher, als auch John, der Protagonist des dritten Romanes, halten sich in den Vereinigten Staaten auf, der eine in seinem Raumschiff auf dem Seegrund von Garden City in Nevada, der andere als Mitarbeiter im Weißen Haus in Washington. So haben wir beschlossen, die beiden Helden in unserem vierten Buch zusammenzuführen. Ein explosives Aufeinandertreffen!

Damit diejenigen Leser, die keines oder nur eines der vorherigen Bücher gelesen haben, alle Zusammenhänge und auftretenden Personen problemlos erkennen können, möchten wir ihnen zu Beginn dieses Buches einen kurzen Einblick in die bereits veröffentlichten Bücher geben. Vielleicht wecken wir so in dem ein oder anderen die Neugierde, sich in die Lektüre der noch nicht gelesenen Bücher zu vertiefen.

Exel, Teil 1: *Willensfreiheit*
Exel wurde vom Planeten der Sirianer auf die Erde gesandt ... wie bereits vor zweitausend Jahren sein bester Freund, dem ein Teil der Menschheit den Namen Jesus gegeben hat. Sein Gegenspieler, ein Satane, ist tausende Jahre zuvor aufgebrochen, um das Böse im Weltall zu verbreiten. Beide versuchen mit einer Handvoll Gleichgesinnter ihre Ziele zu verteidigen und durchzusetzen, der eine im Sinne des Guten, der andere im Sinne des Bösen. Exel hat während seiner Mission eine seinem extravaganten Wesen entsprechende Verteidigungsart gewählt: den Tanz des klassischen Balletts! Er bringt eine kleine Gruppe von Menschen auf seine Seite, da-

runter den Chief Inspector Jeff Lucas, seine Partnerin die Journalistin Gina, General Willis, den Leiter der Area 51, und Ginas Bruder Ralph Kidman, der mit seiner Vereinigung gegen den von Satanas geplanten Weltkomplott ankämpft.

Auf der Seite des Bösen hingegen kämpft der Satane mit Major Dexter, dem zweiten Mann des Militärstützpunktes Area 51, und einigen Marins. Sie bewachen den bedeutendsten Geheimtrakt Amerikas, in dem sich die Grauen aufhalten, die Greys, die sechzig Jahre zuvor in der Nähe von Roswell mit einem Raumschiff notgelandet sind. Sie helfen Dexter und dem Satanen nicht aus Überzeugung, sondern um so bald wie möglich auf ihren Heimatplaneten zurückkehren zu können. Unterstützt wird diese Gruppe von Omnivi, einer Weltorganisation der mächtigsten Politiker, Banker und Industriellen, die die absolute Macht über den Planeten Erde … und wenn möglich … über das Weltall gewinnen möchten.

Exel, Teil 2: *Der Sterbende Schwan*
Im zweiten Teil der Serie Exel müssen sich der Außerirdische und seine Freunde gegen den Banker Smith durchsetzen, der durch betrügerische Machenschaften versucht, den Einsatz des Geldgebers Omnivi zu vervielfachen, um den heimlichen Start des Raumschiffes der Grauen zu finanzieren und die Macht auf der Erde und im Weltall an sich zu reißen. Um das Unterfangen zu ihren Gunsten zu entscheiden, hält der Satane die neue Freundin von Exel, die russische Balletttänzerin Lina, als Geisel fest. Wird es Exel auch diesmal gelingen, die Pläne seiner Gegner zu durchkreuzen? Der abschließende Kampf zwischen Exel und dem Satanen endet auf sehr überraschende Art und Weise.

Der Präsident
Ein junger Abgeordneter aus Ohio, John Endis, erhält vom Präsidenten der Vereinigten Staaten George Windors den Auftrag, zum Unabhängigkeitstag eine ungewöhnliche Fotoausstellung zu organisieren. Bei diesem Projekt soll ihn die bildhübsche Annie unterstützen, die sich im Laufe der Geschichte als Nichte des Präsidenten entpuppt. John, ein Einzelgänger,

erliegt sofort dem Charme und der starken Persönlichkeit der jungen Frau und verliebt sich in sie.

Eines Tages erfährt John von seinem Auftraggeber (mit dem Spitznamen Dickkopf), dass die Fotoausstellung nur ein Vorwand ist. Außerirdische scheinen die Erde anzugreifen und John sieht sich plötzlich einer unglaublichen Wahrheit gegenüber gestellt. Wird ihm die Pyramide, die sich in einer Höhle direkt unter dem Weißen Haus in Washington befindet, bei der Lösung helfen?

1

Er nahm das Universum über eine dauernde Bewegung der Elementarteilchen wahr, die sich pausenlos spalteten, sich trennten, wieder zusammenfügten und neu gestalteten, in dem subtilen Grenzbereich, der die klassische von der Quantenphysik unterscheidet. Für den Schöpfer erklang alles wie eine Symphonie, entstanden durch die Vibrationen dieser kleinsten Korpuskeln, wie beim zufälligem und chaotischen Zusammenspiel eines Orchesters, dessen Musiker ihre Partitur ohne präzise Führung spielten.

Die harmonische Melodie, die der Schöpfer zu Beginn komponiert hatte, war eine Kakophonie geworden, die ihm im Innersten der Seele weh tat. Er hätte wieder Ordnung in dieses Chaos bringen können, das wusste er. Aber abgesehen davon, dass die Aufgabe auch für ihn enorm gewesen wäre, hätte es bedeutet, seinen Kreaturen die Willensfreiheit zu nehmen. Kreaturen mit Verstand, zwar bescheidenem, jedoch ausreichend, ihren Teil der Partitur zu spielen … falls richtig gestimmt. Sicher, es würde eine gewisse Zeit dauern, um positive Resultate zu erreichen, aber das Unterfangen schien ihm nicht mehr so unmöglich wie zu Beginn.

Also, auf ein Neues! Der Zeitpunkt einer neuen Orchesterprobe war gekommen! Der Schöpfer stieß einen kurzen Impuls aus und die dadurch erzeugte Welle breitet sich sofort im gesamten Universum aus. Für den Bruchteil einer Sekunde änderten einige Elementarteilchen ihre Schwingungsfrequenz und somit ihre physikalischen Eigenschaften … wie auch diejenigen der Pyramide. Kleine Lichtimpulse begannen auf ihrer kristallenen Oberfläche zu erscheinen, die sich in kürzester Zeit in immer kräftigere, farbige Blitze verwandelten. Das gesamt Gebilde wurde von heftigen Vibrationen erschüttert. Endlich war der Moment gekommen: sie durfte sich auf die Ankunft des *Herrn* vorbereiten!

John schreckte aus dem Schlaf hoch. Er war schweißgebadet und der schrille Ton hallte immer noch in seinem Kopf wider. Wahrscheinlich ein Alptraum, auch wenn er sich nicht daran erinnern konnte, etwas Schlimmes geträumt zu haben. Aber er hatte das unablässige Gefühl, dass er eine Aufgabe zu bewältigen hatte und dass der Traum ihn daran erinnern sollte.

Er verließ das Bett und ging in die Küche. Seine Müdigkeit war vergangen und er hatte Lust auf eine Tasse Kaffee. Als er ein paar Minuten später die heiße, braune Flüssigkeit vorsichtig schlürfte, ließ er sich noch einmal alles durch den Kopf gehen. Er war zu einem gewissen Zweck auf die Erde gesandt worden, aber er konnte sich beim besten Willen nicht erinnern zu welchem. Die Pyramide war der Dreh- und Angelpunkt! Er erhob sich voller Entschlossenheit. Es gab nur einen Weg, eine Antwort darauf zu finden: die Pyramide direkt zu fragen!

Im gleichen Augenblick beobachtete Brendon, der zweite Mann Amerikas, mit höchster Anspannung, jedoch zugleich mit großem Staunen und überwältigender Bewunderung die Pyramide. Nach fünf Jahren absoluter Ruhe hatte das Monument in der Höhle unter dem Weißen Haus in Washington wieder seine Aktivität aufgenommen. Und wenn sie bis jetzt nicht weggeflogen war, so schien sie im Begriff zu sein, es in den nächsten Minuten zu tun! Ihre Basis stand nicht mehr auf dem Boden, sondern schwebte in einem Meter Höhe direkt vor ihm, eingehüllt in ein elektrisches Feld, das ununterbrochen grüne Lichtblitze, begleitet von knisternden Geräuschen, aufzucken ließ.

Eine Gruppe von Menschen, die sich in ausreichendem Sicherheitsabstand hinter dem Vizepräsidenten aufhielt, wohnte ungläubig dem geheimnisvollen Schauspiel bei.

Als John in die Höhle trat, war seine Überraschung nicht allzu groß. Das war also der Grund seines Alptraums, dachte er mit einem Lächeln auf den Lippen. Einer der Techniker trat aus der Gruppe hervor und ging mit einer Art Mikrofon, wahrscheinlich einem Messgerät für elektromagnetische Strömungen, auf die Pyramide zu.

»Das würde ich an Ihrer Stelle nicht tun!« warnte John den Mann. »Ich kenne die Konsequenzen, ich durfte sie am eigenen Leib spüren. Glauben Sie mir, sie sind alles andere als angenehm!«

»Hallo John!« Brendon drehte sich zum Neuankömmling um. »Wer hat dich denn informiert?« fragte er überrascht. »Ich wollte dich gerade anrufen!«

»Die Pyramide!« antwortet John ruhig.

Einen Moment lang fehlten Brendon die Worte, aber dann fasste er sich wieder.

»Und was machen wir nun mit dem Präsidenten?« fragte er mit einem Kopfnicken Richtung Obergeschoss.

»Wir werden eine Lösung finden!« lautete Johns kurze Antwort.

2

General Willis, der Leiter der Militärbasis Area 51, saß vor einem Berg von Papieren an seinem Schreibtisch und nahm nach einigen schrillen Klingeltönen genervt den Anruf entgegen, ohne den Blick von dem Dokument zu wenden, das er gerade überarbeitete.

»Willis! Was ist los? Schlafen Sie?« ertönte die verdrossene Stimme des ersten Mannes der Vereinigten Staaten. »Man muss ja eine Ewigkeit warten, bis Sie endlich antworten!« fügte er mit unverblümter Herablassung hinzu.

Willis widerstand dem Instinkt, den Störenfried zum Teufel zu jagen, atmete zweimal tief durch und versuchte, seinem Vorgesetzten in Ruhe zu antworten.

»Entschuldigen Sie bitte, Herr Präsident, ich versuche gerade herauszufinden, auf welche Art und Weise es den Außerirdischen gelungen ist, in den Besitz des Antriebsmoduls zu gelangen. Unser Department hat es sicherlich nicht finanziert!« rechtfertigte sich Willis.

Seit den Zeiten von Roswell war im Geheimtrakt der Area 51 an der Rekonstruktion des Raumschiffs der notgelandeten Grauen gearbeitet worden. Der momentan regierende Präsident hatte die verrückte Idee gehabt, das Weltall mit Hilfe der sechs Grauen, die den Unfall überlebt hatten, zu kolonisieren. Daher sollten sie auf ihrem Rückflug in die Heimat von einigen eingeweihten Wissenschaftlern und Militärs begleitet werden. Den Grauen war es jedoch mit Hilfe von Dexter, dem zweiten Mann des Stützpunktes, und den Geldmitteln der Weltorganisation Omnivi gelungen, das Antriebsmodul ohne sein und das Wissen des Präsidenten zu beschaffen. Und schließlich haben sie sich alleine auf den Rückflug gemacht. Sie waren der Menschheit wohl doch einen Schritt voraus und konnten alle überrumpeln, auch Dexter und Omnivi!

»Ja, ja! Alles Ausreden!!« antwortete der Präsident spöttisch. »Es ist Ihnen sicher klar, dass ich Sie persönlich für diesen Vorfall verantwortlich mache. Aber darüber reden wir ein andermal.«

»Wie Sie wünschen, Sir!«, war das einzige, was der General über die Lippen brachte, während sein Magen die ersten Reaktionen auf den unterdrückten Ärgers zeigte und sich krampfartig zusammenzog. »Verfluchter Idiot!« dachte der General wutentbrannt. »Du willst wieder die ganze Schuld für deine Unfähigkeit auf mich abwälzen!«

»Und so kommen wir zum eigentlichen Grund meines Anrufes«, fuhr der Anrufer fort. »Ich habe beschlossen, nächste Woche persönlich in die Area 51 zu kommen, und rate Ihnen sehr, mir bei dieser Gelegenheit für all die Vorfälle der letzten Wochen Rede und Antwort zu stehen!« verkündigte der erste Mann feierlich.

Die ersten Schweißperlen erschienen auf Willis Stirn.

»Welche Ehre, Sie in unserem Stützpunkt als Gast begrüßen zu dürfen!« log er mit letzter Kraft ins Telefon.

Nur gut, dass sein Gegenüber ihn nicht sehen konnte! Schon die Vorstellung einer persönlichen Anwesenheit des Politikers in seiner Basis war unerträglich! »Bitte lassen Sie alles vorbereiten! Die Air Force One wird nächsten Dienstag in Las Vegas landen. Um die Sicherheitsvorrichtungen in Las Vegas kümmert sich mein Team, Sie übernehmen ab Las Vegas! Ich verlasse mich auf Sie, Willis! Sie haben einiges gut zu machen!« sagte der Präsident und ließ Willis keine Zeit zum Antworten. »Und nun habe ich einen wichtigen Termin! Bis nächste Woche!« und legte auf.

Dann nahm er eine der kubanischen Zigarren aus der Schachtel vom Schreibtisch und schnitt mit dem Zigarrenschneider einen etwa drei Millimeter breiten Teil des Mundstücks ab. Er entzündete feierlich eine langes Streichholz, hielt die Zigarre senkrecht ungefähr einen Zentimeter von der Flamme entfernt und begann das Anzünden an den Außenseiten, indem er die Zigarre fortwährend drehte. Als die Zigarre zu glimmen begann, nahm er den ersten genüsslichen Zug. Das Ritual war beendet … und er bereit für seinen äußerst wichtigen Termin!

Gleich würde er unter den zahlreichen bildhübschen Damen, die im

Vorzimmer auf ein Gespräch warteten. seine neue Sekretärin auswählen. Die liebe Carol, die ihm während der letzten beiden Jahre an den langen Arbeitstagen viele angenehme Momente bereitet hatte, würde ihn verlassen. Ein tiefer Seufzer entfuhr ihm bei der Erinnerung an die Berührung ihrer weichen warmen Lippen, die nicht nur seinen Mund sanft umspielt hatten. Aber dann gab er sich einen Ruck.

»Neues Blut tut sicher gut!« murmelte er mit einem verschmitzten Lächeln und drückte auf den Knopf der Sprechanlage. »Carol, kannst Du bitte die erste Dame hineinführen!«

3

Willis war außer sich. Die verrückte Idee des Präsidenten, in ein paar Tagen die Militärbasis zu besuchen, war ein weiterer Beweis dafür, dass die Geschehnisse der letzten Wochen den Politiker in einen Zustand völliger Verwirrung versetzt hatten. So als wenn es ein Kinderspiel sei, in der kurzen Zeit die angemessenen Sicherheitsmaßnahmen durchzuführen. Völlig verrückt!

Seine grauen Zellen begannen auf Hochtouren zu arbeiten. Alles konnte passieren … und ihm musste es gelingen, dass nichts geschah! Er musste alle nur denkbaren Vorkehrungen in Erwägung ziehen, um den leichtsinnigen Präsidenten unversehrt vom Flughafen Las Vegas in die Militärbasis und am nächsten Tag wieder zurück zu bringen.

Die Area 51, ein militärisches Sperrgebiet von etwa hundert Quadratkilometern, lag hundertzwölf Kilometer nordnordwestlich von Las Vegas. Der größte Teil des Gebietes machte das Emigrant Valley aus, ein breites Tal, welches von zwei Gebirgszügen eingerahmt wurde. Zwischen den beiden Gebirgen lag der Groom Lake, ein ausgetrockneter Salzsee von etwa fünf Kilometern Durchmesser. An dessen südwestlichem Ausläufer war in den fünfziger Jahren der Luftwaffenstützpunkt errichtet worden, dessen Kommando Willis vor fünf Jahren übernommen hatte.

Die Wahrscheinlichkeit eines Angriffs im Inneren der Area 51 war gleich Null, aber auf der Wegstrecke zwischen dem Flugplatz in Las Vegas und dem Groom Lake waren die Möglichkeiten unzählig.

Willis griff entschlossen nach seinem Handy und wählte eine Nummer »Hallo Matthew, kommen Sie sofort in mein Büro. Und mit sofort meine ich sofort … eigentlich könnten Sie schon hier sein!«

»Sicher, Sir, sofort Sir!« und damit war das Gespräch beendet.

Zwei Minuten später hielt ein Jeep mit quietschenden Reifen direkt vor Willis Büro.

Willis hörte die herannahenden Schritte des Soldaten und, bevor das Klopfen an der Tür ertönen konnte, rief er:

»Kommen Sie herein, Matthew!«

Die Tür öffnete sich, der Marin blieb vor dem Schreibtisch des Generals stehen und hob die Hand zum militärischen Gruß.

»Guten Morgen, Sir, zu Befehl, Sir!«

»Ja, ja, guten Morgen, Matthew!«

Dann ließ er jegliche Formalität beiseite und fuhr fort:

»Matthew, ich wurde gerade informiert, dass ... ER ... uns nächste Woche einen kurzen Besuch abstatten möchte. Sie können sich sicher vorstellen, was das bedeutet«, und warf seinem besten Mann einen vielsagenden Blick zu.

Ja, das konnte Matthew sich genau vorstellen! Sie mussten in kürzester Zeit einen perfekten Transfer des Präsidenten und seiner Begleitmannschaft von Las Vegas zur Area 51 und zurück organisieren, jegliche Möglichkeit eines terroristischen Angriffs erkennen und im Vorfeld neutralisieren. All dies barg angesichts der kurzen Zeit die große Gefahr, einen Fehler zu begehen. Und es ist ja bekannt, dass alles, was schiefgehen kann, auch schiefgehen wird!

»Ja, Sir! Meine Männer und ich werden einiges zu tun haben in den nächsten Tagen«, war die lakonische Antwort des Marins.

Ein Lächeln huschte über das Gesicht des Generals. Mit solchen Männern war nichts unmöglich! dachte er voller Stolz.

»Gut Matthew, bringen Sie mich sofort ins Rechenzentrum. Wir werden mit David das gesamte Umfeld des Anfahrtsweges auf dem Bildschirm überprüfen ... bis ins kleinste Detail!«

Nach diesen Worten erhob sich Willis und ging entschlossen Richtung Tür, dicht gefolgt von seinem besten Mann.

Als einige Minuten später die Tür des Rechenzentrums völlig unvorhergesehen aufgerissen wurde, fuhr David erschrocken auf seinem Stuhl zusammen.

»General!?« rief er überrascht, sprang auf und salutierte den Leiter des Militärstützpunktes.

»Entspannen Sie sich, David!« befahl Willis kurz. »Wir haben viel zu tun. Der Präsident möchte uns nächste Woche die Ehre eines Kurzbesuches erweisen!«

»Nächste Woche?! Aber das ist …«

»Schweigen Sie, David!« lautete der nächste Befehl. »Ich denke das Gleiche, was Sie gerade denken. Nur … darf *ich* es aussprechen, Sie nicht!«

Dann fuhr er mit einvernehmenden Lächeln fort:

»Wenigstens nicht in meiner Anwesenheit!«

»Ja Sir!« sagte David und erwiderte das Lächeln. »Ich werde nichts sagen, Sir!«

»Gut!«

Dann ließen sich Willis und Matthew zu beiden Seiten Davids vor einem riesigen Bildschirm nieder.

»Wo sollen wir mit der Suche beginnen?« fragte David, während er seine Hand auf die Mouse legte.

»Visualisieren Sie bitte das momentane Satellitenbild des Streckenverlaufs zwischen dem Flughafen Las Vegas und dem Stützpunkt«, erwiderte Willis. »Ich denke, dass ich Sie nicht darauf hinweisen muss, dass alles, was sich von jetzt ab in diesem Gebiet bewegt, lokalisiert und identifiziert werden muss.«

»Wird geschehen, Sir! So, da ist das Bild!«

David wurde vom Geräusch der Tür gestört, die aufgerissen wurde. Die drei Anwesenden drehten sich überrascht um. Der Assistent von David stürzte keuchend in den Raum und streckte Willis aufgeregt ein Handy entgegen.

»General! Ein wichtiger Anruf für Sie!«

Dann blieb er vor Willis stehen, versuchte wieder zu Atem zu kommen und sagte feierlich:

»Der Vizepräsident der Vereinigten Staaten verlangt nach Ihnen!«

»Brendon?«

Willis wusste nicht, ob er überrascht oder verärgert sein sollte. Zuerst der Präsident, jetzt der Vizepräsident! Was war nur in Washington los? Waren die alle verrückt geworden? Er griff ruckartig nach dem Telefon und führte es ans Ohr.

»Herr Vizepräsident!« sagte Willis mit möglichst ruhiger Stimme.

Danach folgte eine lange Pause.

»Nein Sir, das ist kein Problem!«

Erneute Pause. Willis schien den Worte des Anrufers aufmerksam zu folgen.. Die Falten auf seiner Stirn deuteten darauf hin, dass er nicht mit allem, was er hörte, einverstanden war.

»Verstanden, Mr. Brendon! Dann bis übermorgen! Noch einen angenehmen Tag, Sir!«

Dann gab er dem Assistenten das Telefon wieder zurück.

»Danke Miller!«

4

»Kliiingliiing!«

Das schrille Geräusch der Türklingel wies eindeutig auf die Ankunft eines Besuchers hin.

»Schatz, kannst du bitte aufmachen! Ich richte gerade die Aperitife! Dank dir!« ertönte Ginas Stimme aus der Küche, begleitet vom fröhlichen Klirren einiger Gläser.

»Sicher, meine Liebe!« antwortete Jeff, stellte den letzten Teller auf den fertig gedeckten Tisch und ging zur Eingangstür.

»Exel!!!« stieß er voller Überraschung aus, als der die Tür geöffnet und den Besucher erblickt hatte. »Wie siehst du denn aus?«

Exel ging ohne Aufforderung am verblüfften Jeff vorbei und vollführte eine Drehung um sich selbst, um dem Gastgeber sein neues Outfit besser zeigen zu können.

»Armanani, mein Lieber, vorausgesetzt du weißt, von wem ich spreche!« und fuhr, ohne die Antwort des Freundes abzuwarten, fort: »Natürlich von meiner treuen Ophelia in Handarbeit perfekt angepasst«, erklärte der Außerirdische und spreizte sich wie ein Pfau in seinem neuen Anzug.

»Exel!!! Wow, welche Eleganz!« Gina spähte neugierig aus der Küche und begutachtete lächelnd den Gast.

»Liebste Gina!« Exel ging leichten Schrittes auf die Freundin zu und drückte ihr einen Kuss auf die Wange. »Du wirst immer hübscher!«

Dann richtete er seine Nase Richtung Küche und begann zu schnuppern. »Hmmm … welch deliziöser Duft. Ein neues italienisches Rezept?«

»Lass dich überraschen, mein Lieber!« antwortete Gina, während sie erneut in der Küche verschwand. »Aber zuerst gibt es einen Aperitif … ebenfalls italienisch!« fügte sie hinzu, bevor sich die Tür hinter ihr schloss.

Jeff zuckte mit den Schultern.

»Vor lauter italienischer Küche werden wir langsam selbst zu Italienern!«

Aber dann eilte Gina auch schon ins Zimmer, mit einem Glas in jeder Hand.

»Ich bringe eure Aperitife! Lasst es euch schmecken!« lud Gina die beiden ein und reichte jedem sein Glas.

Nachdem die drei den köstlichen Appetitanreger getrunken hatten, konnte der Ansturm auf die duftenden Speisen beginnen. Ein Ansturm, der mit dem eindeutigen Sieg unserer Freunde endete, da von der riesigen kulinarischen Armee nach kürzester Zeit nicht die geringste Spur mehr übriggeblieben war.

»Wie hieß denn das letzte Gericht?« fragte Exel und musste ein genüßliches Aufstoßen des gefüllten Magens unterdrücken.

»Auberginen alla parmigiana!« antwortete die Gastgeberin in feierlichem Tonfall. »Echt? Nie hätte ich gedacht, dass diese komischen Früchte, die wir nur erschaffen haben, um ein bisschen Farbe ins Gemüse zu bringen, so hervorragend schmecken würden!«

Exel sah Gina und Jeff mit kritischem Blick an und fuhr fort.

»Ihr Menschen hört nie auf, mich zu überraschen ... vielleicht haben wir irgendeinen Fehler bei euch gemacht!«

Weder Gina noch Jeff waren sich sicher, ob es sich um ein Kompliment oder das Gegenteil handeln sollte.

»Willst du damit sagen, dass wir besser geworden sind, als ihr uns programmiert habt?« fragte Gina und sah dem Außerirdischen herausfordernd in die Augen.

Exel überlegte eine Weile.

»Nein ... besser würde ich nicht sagen, aber anders.«

Gina ließ sich nicht abschütteln und fragte neugierig:

»Anders in was?«

Exel legte voller Sorgfalt das Besteck auf den Teller, so als wolle er seinen Zuhörern zu verstehen geben, dass die folgenden Worte ihre volle Aufmerksamkeit verdienten.

»In den letzten Monaten hatte ich Zeit, etwas genauer über gewisse Dinge nachzudenken. Ihr wisst ja, dass ich momentan in Urlaub bin«, ergänzte er mit einem Lächeln. Dann griff er nach dem Weinglas und nahm einen kleinen Schluck. »Ich bin zu der Erkenntnis gekommen, dass ich den falschen Gegner bekämpft habe.«

»Aber wenn ich dich richtig verstanden habe, haben du und deine Rasse doch nur einen einzigen Gegner: den Teufel und seine Gleichgesinnten!« kommentierte Jeff etwas überrascht.

»Genau! Das habe ich auch immer gedacht!« stimmte Exel mit einem ironischen Lächeln zu.

Dann stand er auf, erhob den Zeigefinger theatralisch gegen den Himmel und fuhr in einem Tonfall fort, der an ein Drama von Shakespeare erinnerte:

»»Meine letzten Überlegungen haben mich jedoch davon überzeugt, dass es noch einen weiteren Gegner gibt ...« sagte Exel, stützte beide Hände auf den Tisch und lehnte sich seinen beiden Freunden entgegen, »... einen viel hinterlistigeren und boshafteren Gegner ...«

»Nun geht dieses Theater wieder los!« wandte sich Jeff verdrossen an seine Partnerin. »Wenn er sich so verhält, dann hasse ich ihn!«

»Ahaaaa!« ertönte Exels laute Stimme, die die Freunde auf ihren Sesseln zusammenfahren ließ. »Seht ihr? Genau das ist der Punkt!«

Er beugte sich noch weiter zu den beiden nach vorne und zeigte mit dem Finger auf Jeff.

»Welcher Punkt, Exel?« fragte Jeff genervt über die Szene, die der Außerirdische veranstaltete.

Exel atmete einmal tief ein und fuhr fort:

»Was ich nun sagen werde, wird für euch wie eine Offenbarung sein und ehrlich gesagt, weiß ich nicht, warum ich es tue. Ihr seid wohl die einzigen menschlichen Wesen, die ich als Freunde ansehe. Oder vielleicht leide ich auch unter der Einsamkeit hier auf der Erde und muss mich irgendjemandem anvertrauen?« Dabei sah er sowohl Jeff als auch Gina fest in die Augen. »Auf alle Fälle, die Wahrheit ist, dass wir euch nicht erschaffen haben!«

Wenn der Außerirdische eine Reaktion der beiden auf seine Worte erwartet hatte, so wurde er enttäuscht. Gina und Jeff sahen ihn weiter gespannt an, ohne die geringste Gefühlsregung zum Ausdruck zu bringen. Daher sprach er weiter:

»Wisst ihr, es war kein Zufall, dass unsere Raumschiffe das Sonnensystem ansteuerten. Unsere wissenschaftlichen Instrumente auf Sirius hatten eine enorme Energiequelle wahrgenommen, die von ihm herzustammen schien. Wir waren damals, wie ihr zur Zeit, auf der Suche nach anderen Formen von Intelligenz im Weltall. Eines Tages empfingen unsere Radioteleskope endlich ein Signal, das von seinem Aufbau her nicht natürlich sein konnte, d.h. konstruiert worden sein musste. Ihr könnt euch vorstellen, welche Emotionen dies bei uns hervorrief. Die bedeutendsten Wissenschaftler machten sich sofort daran, den Ursprung des Signals zu lokalisieren.«

Exel schaute Gina und Jeff mit einem herausfordernden Lächeln an.

»Könnt ihr euch vorstellen, von woher dieses Signal kam? Eine relativ einfache Frage!«

Gina und Jeff antworteten gleichzeitig:

»Von der Erde?«

»Heiß, ganz heiß …«, sagte Exel und legte eine kurze Pause ein, … vom Mars!«

»Vom Mars?« rief Gina überrascht.

»Exakt!« bestätigte Exel. »Zum Glück hatten wir damals bereits Raumschiffe für interstellare Flüge entwickelt und konnten sofort ein Schiff Richtung Sonnensystem losschicken. Aber als wir nach einigen Jahren unser Ziel erreichten, fanden wir einen völlig zerstörten Planeten vor.«

Exel erhob sich und begann im Zimmer auf und ab zu gehen, gefolgt von den Blicken seiner beiden Zuhörer, die ungeduldig auf die Fortsetzung der Geschichte warteten.

»Überall verstreut fanden wir die Überreste einer einst fortgeschrittenen Kultur. Es muss auf diesem Planeten zum totalen Krieg gekommen sein, der sogar einen Großteil der Atmosphäre zerrissen hatte und in den Weltraum verdunsten ließ.«

»Überlebende?« fragte Gina, die ihre weibliche Neugierde nicht zähmen konnte, während Jeff eher ruhig den Erklärungen des Außerirdischen folgte.

»Eine Handvoll, der es gelungen war, in den Tiefen des Planeten zu überleben. Ohne unser Eingreifen wären sie im Laufe weniger Jahre zugrunde gegangen«, antwortete Exel. »Man kann unsere Ankunft im wahrsten Sinne des Wortes einen Segen des Himmels nennen! Na ja, kurz und gut, wir haben ihre Krankheiten geheilt, sie ausreichend genährt und dann auf die Erde gebracht, da der Mars Tag für Tag unbewohnbarer wurde.«

»Soll das heißen … ?« Jeff hielt einen Moment inne und sah Exel mit aufgerissenen Augen an.

»Ja!« bestätigte der außerirdische Gast. »Ihr Erdenbewohner seid die Nachkommen dieser wenigen Überlebenden.«

»Dann habt ihr uns also nicht erschaffen!« schlussfolgerte Jeff.

»Nein, wie ich schon zu Beginn sagte!« musste Exel zugeben. »Und wir wären auch nicht dazu fähig gewesen!«

»Was willst du damit sagen?«

»Ich will sagen, dass derjenige, der euch erschaffen hat, umfassendere Fähigkeiten als die Angehörigen unserer Rasse besitzt«, fuhr Exel fort. »Aber lasst mich bitte zuende erzählen, damit ihr die Zusammenhänge versteht!« Er machte ein kurze Pause und hob vielsagend eine Augenbraue. »Also, die Überlebenden, die wir zur Erde gebracht haben, waren … waren viel intelligenter, gesünder und … wie soll ich sagen … vernünftiger als ihr es jetzt seid!«

»Was soll das heißen?« rief Gina aufgebracht. »Dass wir in der Zwischenzeit verblödet sind?«

»So einfach ist das nicht, Gina. Wir denken, dass der Schöpfer euch für ein Leben auf dem Mars erschaffen hatte und alles so eingerichtet war, dass ihr den Planeten nicht verlassen konntet. Natürlich ahnten wir dies nicht, als wir die Überlebenden auf die Erde transferiert haben. Und dort muss dann wohl folgendes geschehen sein: Organismen der Erde haben Moleküle eurer DNA entweder ersetzt oder sich mit ihnen vermischt. So habt ihr euch Generation um Generation zu dem reduziert, was ihr heute seid: zu einem Wesen, das nur knapp über der Klasse der Tiere einzuordnen ist.«

Bei diesen Worten riss Gina die Augen auf und sprang wütend auf den Außerirdischen zu.

»JETZT REICHT'S, EXEL!« schrie sie aus vollem Hals. »Ich kann ja verstehen, dass wir dir nicht gefallen, aber ich verbiete dir, uns so zu beleidigen! Und wenn es …«

Ginas Wutausbruch wurde durch das Erklingen einer sanften Melodie unterbrochen. Sie hielt inne, schaute etwas unentschlossen auf ihr Handy und führte es dann an ihr Ohr.

»Hallo!«

Die Stimme der jungen Frau war immer noch aufgeregt, als sie den Telefonanruf entgegennahm.

»Okey Ralph!« antwortete Gina, nachdem sie aufmerksam den Worten des Anrufers gefolgt war und beendete das Telefonat. Dann drehte sie sich zu den beiden Männern um und sagte ohne jeglichen Groll, jedoch in einem Tonfall, der keinen Widerspruch zuließ:

»Wir sind zu einem sehr speziellen Treffen eingeladen. Vorallem du, Exel! Du sollst einer Person helfen, ihre Erinnerung wiederzugewinnen.«

»Ich? Aber bin ich doch kein Psychoanalyst!« protestierte Exel.

»Dann wirst du eben einer werden!« unterbrach ihn Gina kurz und informierte dann Jeff und Exel über den Inhalt des Telefongesprächs.

5

Das runde Etwas näherte sich in hohem weiten Bogen der zweihundert Yards Markierung. Willis verharrte einen Moment in der Schlagposition und beobachtete zufrieden die Fluglinie seines Balles. Dann lockerte er die Haltung und bückte sich, um den nächsten Ball aus dem Plastikkörbchen zu nehmen und auf sein Tee zu legen.

»General!« hörte er hinter sich die Stimme, auf die er bereits gewartet hatte.

Er drehte sich um und war im ersten Moment etwas verblüfft, da er den Mann, der ihm freundschaftlich die Hand entgegenstreckte, immer nur in Anzug und Krawatte gesehen hatte.

»Mr. Brendon! Schön, Sie zu treffen!« erwiderte Willis und ergriff die Hand des etwa fünfzigjährigen Mannes mit sportlichem Aussehen, der eine beige Leinenhose und ein grünes Poloshirt trug. »Wollen Sie ein paar Bälle mit mir schlagen?«

Brendon konnte sich ein Lachen nicht verkneifen.

»Das sollten Sie sich besser nicht wünschen, Sir. Ich hab es vor Jahren einmal versucht, aber Golf ist eindeutig nicht mein Sport! Nachdem ich bemerkt habe, dass ich für die Mitspieler eher eine Gefahr als ein Konkurrent war, habe ich meine Ausrüstung so schnell wie möglich verkauft!«

Ein breites sympathisches Lächeln ließ die Miene des zweiten Mannes Amerikas erleuchten. Er war völlig allein, was den General wunderte. So früh am Samstagmorgen waren zwar noch nicht so viele Spieler auf der Driving Range, aber dennoch war es seltsam, keinen einzigen Sicherheitsbeamten zu sehen.

»Heute völlig unbewacht?« fragte der Militär ehrlich überrascht und blickte an Brendon vorbei in den Hintergrund.

»Ja Willis. Ich wollte ungestört mit Ihnen sprechen und habe meinen Leuten befohlen, im Wagen zu warten!« Es folgte ein Seufzer. »Es war zwar etwas schwieriger, als ich gedacht habe, aber da ich nicht die Nummer eins bin, ist so etwas noch möglich. Jedenfalls ab und zu!«

»Sollen wir ein paar Schritte gehen, Herr Vizepräsident?« fragte Willis und deutete auf eine nicht allzu weit entfernte Baumgruppe. »Dort hinten zwischen den Bäumen steht eine Bank. Da sind wir ungestört und können in Ruhe sprechen.«

»Ja gerne, General, das ist eine gute Idee. Im Schutz der Bäume fällt es mir vielleicht etwas leichter, Ihnen mein ungewöhnliches Vorhaben darzulegen.«

Bei diesen Worten sah Willis den Besucher verstohlen von der Seite an und sie gingen wortlos über den kurzgeschnittenen Rasenteppich. Willis Gehirnzellen arbeiteten auf Hochtouren, auch wenn man es ihm nicht ansah. Und dies galt ebenfalls für den Mann, der neben ihm herschritt. Jeder überlegte, was der andere wohl sagen würde. Der eine zerbrach sich den Kopf, was den zweitwichtigsten Mann des Staates dazu gebracht haben konnte, ihn in Zivil an einem Samstagmorgen völlig privat auf dem Golfplatz von Las Vegas zu treffen. Der andere hingegen schwitze innerlich … von außen war ihm nicht das Geringste anzumerken … bei dem Gedanken, wie der General auf seinen völlig unkonventionellen Plan reagieren würde. Es hing so viel von diesem Gespräch ab! Ein Lächeln huschte erneut über Brendons Gesicht, als er sich umblickte und ihm bewusst wurde, wo dieses Gespräch in Kürze stattfinden würde.

Ein paar Minuten später saßen die beiden Seite an Seite auf der Holzbank im Schatten der Bäume und schwiegen. Willis wartete auf die ersten Worte des Vizepräsidenten, der ihn zu diesem Gespräch eingeladen hatte, und so harrte er geduldig aus. Eine weitere Minute verging in vollkommener Stille. Man hörte nur das Zirpen der Grillen und ab und zu das Rauschen der Blätter, wenn eine leichte Brise durch die Äste der Bäume strich.

»General!« brach der Politiker endlich die Stille. »Sie haben sicher verstanden, dass es sich beim Inhalt dieser Unterhaltung um ein sehr sensibles und geheimes Thema handelt.«

Es folgte ein Seufzer.

»Sonst hätte ich Sie nach Washington eingeladen oder einen offiziellen Besuch in der Area 51 organisiert!«

Willis drehte sich erwartungsvoll zu seinem Gesprächspartner um.

»Ja, das ist mir klar, Sir!«

Und dann begann eine geheime Unterhaltung zwischen dem Politiker und dem Militär im abgelegensten Teil der Driving Range des Golfplatzes von Las Vegas. Nach einer halben Stunde erhoben sich die beiden, traten aus dem Schutz der Baumgruppe und gingen Richtung Ausgang. Brendon und Willis schüttelten sich einvernehmlich die Hände und dann verschwand der Vizepräsident in seiner schwarzen Limousine, in welcher die Bodyguards eine für sie nicht allzu angenehme Wartezeit verbracht hatten.

6

Als das Telefon klingelte, zuckte Dexter in seinem Stuhl hinter dem Schreibtisch zusammen. Die Angst saß ihm im Nacken.

Nach dem unerwarteten Start des Raumschiffes wusste der Vize der Area 51 nicht mehr, was ihn erwartete. Die Grauen waren ohne menschliche Besatzung ins All gestartet. Er hatte versagt, auf allen Fronten! Und so hatte er nun alle gegen sich!

Den Präsidenten, dessen verrückter Traum, den Weltraum mit den besten Leuten Amerikas zu kolonisieren, geplatzt war. Omnivi, die Vereinigung der mächtigsten und einflussreichsten Männer dieses Planeten, die eine neue Weltordnung einrichten und ihre Macht über die Grenzen der Erde hinaus im Weltall verbreiten wollte. Und den Satanen, diesen übermächtigen Hintermann, der den Start des Raumschiffes auch nicht mehr verhindern konnte. Jeder von ihnen hatte sich bestimmt eine unterschiedliche, ganz spezielle Bestrafung für ihn ausgedacht.

Angstschweiß trat auf seine Stirn, als Dexter mit zitternder Hand den Anruf entgegen nahm. Zögernd führte er das Telefon ans Ohr.

»Hallo?« hauchte er fast unhörbar ins Telefon und erhielt als Antwort nur das Geräusch eines tiefen Ein- und Ausatmens.

»Hallo?«

Die Antwort auf seine bebende Stimme war das Geräusch eines tiefen Ein- und Ausatmens.

»Hallo?« wiederholte er mit einem noch heftigeren Zittern in der Stimme.

»Dexter! Was ist los? Sie können mir nicht entkommen!« ertönte die gefürchtete tiefe Stimme des Satanen durch die Leitung.

Dexter sackte noch tiefer in sich zusammen. Kein Laut kam über seine

Lippen, die Angst schnürte ihm die Kehle zu. Beim Gedanken an den letzten Helfer des Satanen, dessen Projekt gescheitert war, den Banker Martin Smith, überfiel ihn ein Gefühl der Übelkeit. Man hatte den Körper des Bankers oder besser gesagt seine kleinsten Bestandteile in dessen Sommerresidenz vorgefunden. Nur durch eine DNA Analyse konnte man schließlich feststellen, dass es sich bei der gallertartigen Masse um die Überreste des berühmten Finanzexperten handelte.

Allein die Vorstellung, dass ihm etwas Ähnliches oder sogar Schlimmeres zustoßen könnte, verursachte in ihm einen heftigen Brechreiz. Panik erfasste den Militär, paralysierte jede Faser seines Körpers. Mit größter Anstrengung versuchte er zu antworten, jedoch verweigerten ihm die Stimmbänder ihre Dienste.

»Dexter!!!« schallte erneut die eindringliche Stimme seines Gesprächspartners durch die Leitung und schien in seinem Ohr zu explodieren. »Dexter, wenn Sie nicht sofort antworten, passiert etwas! Etwas sicher nicht Angenehmes für Sie!« lautete die Drohung, die unverzüglich Wirkung zeigte.

Die befehlende Stimme und die direkt ausgesprochene Drohung des Gesprächspartners hatten einen fast beruhigenden Effekt auf den Militär. Vielleicht weil die Schwelle der Angst, die ein menschliches Lebewesen ertragen konnte, längst überschritten war.

Tja … dann soll geschehen, was geschehen muss! dachte Dexter und antwortete schließlich mit einem tiefen Seufzer:

»Hier bin ich!«

»Na endlich, Dexter! Es ist Ihnen sicher bewusst, dass ich nicht sehr zufrieden mit Ihrer Arbeit bin. Ich hoffe, Sie überlegen bereits, wie Sie die Geschehnisse der letzten Wochen wieder gutmachen können.«

»Ja, das tue ich!« war die Notlüge des Militärs.

»Sie haben das große Glück, dass ich Ihre Präsenz weiterhin benötige, sonst hätte es mir Spaß gemacht, jedes auch nur so kleinste Teilchen Ihres Körpers zu sammeln, um dann ein Puzzle zu erstellen! Ha ha ha, gar nicht schlecht die Idee!« lachte die dunkle Stimme ins Telefon. »Leider nehmen Sie eine Schlüsselposition in der Area 51 ein und so muss ich noch ein bisschen warten, bevor ich mir dieses Vergnügen gönne, ausgenommen Sie erfüllen diesmal voll meine Erwartungen.«

»Ja Sir, ich werde mein Bestes tun!« sagte Dexter und war diesmal wirklich ehrlich.

»Aber nun lassen Sie mich meinen Plan darlegen! In den nächsten Tagen werden Sie genau meine Anweisungen befolgen, daher passen Sie jetzt gut auf!«

Dexter folgte den Ausführungen des Satanen mit höchster Konzentration und je länger er zuhörte, umso ruhiger wurde er.

Als der Satane nach einigen Minuten das Gespräch beendete, hatte Dexter wieder sein altes Selbstbewußtsein zurückerlangt. Seine Boshaftigkeit hatte die Angst verjagt und jeder einzelne Muskel seines Körpers, bis jetzt zum Zerreißen angespannt, begann sich zu lösen. Der Plan konnte funktionieren! Man gab ihm eine zweite Chance und er würde sie beim Schopf packen!

Das altbekannte böse Funkeln kehrte in seine Augen zurück. Dexter erhob sich mit gestärktem Rückgrat aus dem Sessel hinter seinem Schreibtisch, um den Plan des Satanen mit der wiedererlangten leidenschaftlichen Bosheit umzusetzen.

Willis würde für die Demütigungen der letzten Wochen bezahlen … mit Zins und Zinseszins!

7

Es war ein herrlicher Sonnentag, als die Räder der Air Force One die Landebahn des Flughafens Las Vegas berührten. Zur Landezeit durfte kein weiteres Flugzeug den Luftraum durchqueren, um der höchsten Sicherheitsstufe, die während der Ankunft des Präsidenten herrschte, gerecht zu werden.

Das Flugzeug parkte einige Minuten später in dem vom Bodenpersonal angezeigten Bereich, die Ausstiegsrampe wurde in Position gerollt und der klassische Teppich vom Ausstieg bis hin zu einer riesigen schwarzen Limousine ausgelegt.

Aus den umstehenden Militärfahrzeugen stieg ein Duzend Marins aus, als letzter General Willis.

Als die Tür vom Piloten geöffnet wurde und der erste Mann Amerikas aus dem Flugzeug trat, flankierten die Marins zu beiden Seiten den roten Teppich, bereits in Hab Acht Stellung, die Hand perfekt zum militärischen Grüß an der rechten Seite der Stirn positioniert.

Der Präsident hob ebenfalls eine Hand und winkte dem Empfangskomitée lächelnd zu. Dann kam er Schritt für Schritt langsam die Ausstiegstreppe herunter.

In diesem Moment trat General Willis aus der Reihe und begrüßte den Politiker mit einem formalen Lächeln.

»Ich hoffe, Sie hatten einen guten Flug, Herr Präsident!«

»Danke Willis, über den Flug kann ich mich nicht beklagen!« und setze mit einem missmutigen Lächeln hinzu. »Das kann ich leider nicht über die Vorgänge der letzten Wochen in der Area sagen!«

Willis schluckte kurz und deutete auf die schwarze Großlimousine, die der Militärstützpunkt seinen bedeutenden Gästen zur Verfügung stellte.

»Darf ich bitten, Sir! Die Limousine steht bereit!«

Der Präsident nahm im hinteren Bereich mit vier seiner Sicherheitskräfte Platz. Willis schloss die Tür, grüßte noch einmal und stieg in das Begleitfahrzeug ein, welches dem Präsidentenwagen direkt folgen sollte. Die Fahrt konnte beginnen.

Die Limousine, schützend von vier Militärfahrzeugen umgeben, verließ das Flughafengelände, auf dem Weg durch die Salzwüste Richtung Area 51. Die Wagenkolonne fuhr mit niedriger Geschwindigkeit durch die dürre Einsamkeit der Wüste und ließ eine Wolke aufwirbelnden Staubes hinter sich. Die Insassen der Limousine betrachteten wortlos die karge Umgebung, ein jeder in seine Gedanken vertieft. Nur der Präsident hatte sein Tablet eingeschaltet und betrachtete mit großem Interesse den Bildschirm.

Willis fuhr mit Matthew und einem dritten Marin in zirka dreißig Metern Abstand hinter dem Gästefahrzeug. Nach einem Blick auf den Navigator trat er mit dem Fahrer der Limousine, dem Marin George Smith, in Funkverbindung

»George, der Navigator zeigt uns noch dreißig Minuten Fahrt an. Wir starten jetzt mit dem Projekt P!«

Nach einem kurzen Moment der Stille folgte ein:

»Roger!«

Dann betätigte der Marin einen kleinen unscheinbaren Hebel in der Mitte des Armaturenbrettes. Im Hintergrund hörte man die sanfte Melodie klassischer Musik. Smith konnte auf zwei kleinen Monitoren beobachten, was im abgetrennten hinteren Bereich geschah.

Die Bodyguards schauten weiterhin schweigend aus den Fenstern, die in Fahrtrichtung sitzenden etwas angespannter, da sie die vor ihnen liegende Fels- und Sandwüste mit den Augen akribisch inspizierten. Die Blicke der beiden anderen hingegen suchten die bereits durchfahrene Strecke nach eventuellen Verfolgern ab. Je weiter der Wagen in die Wüste vordrang, umso ruhiger wurden die Sicherheitskräfte. Es war angenehm warm im Wageninneren und die sanften Melodien ließen die Anspannung der Männer auf ein Minimum sinken. Der Präsident sah sich schmunzelnd die Fotos der zur Auswahl stehenden neuen Sekretärinnen an.

Keiner der Fahrgäste bemerkte den leicht veränderten Luftstrom im Inneren des Wagens. Smith hatte den Zufluss eines einschläfernden Gases aktiviert, welches sich geruch- und farblos über die Klimaanlage in die Luft des Gästebereichs mischte. Nach einigen Minuten begannen die Lider der Bodyguards schwer zu werden, während die des Präsidenten, voll konzentriert auf die gewagten Fotos der Damen, etwas mehr Zeit benötigten. Nach zehn Minuten jedoch schliefen alle fünf Gäste tief und ruhig.

Die Kolonne rollte weiter durch die karge Wüste, immer mit gleicher Geschwindigkeit, immer im gleichen Abstand …

…. was David und Dexter auf dem großen Bildschirm im Rechenzentrum der Area 51 mitverfolgen konnten.

»Bis jetzt gibt es keine Probleme, Sir«, berichtete David dem kurz zuvor eingetretenen zweiten Mann des Militärstützpunktes. »Alles läuft planmäßig! Sie sind ungefähr an der Hälfte der Strecke angelangt.«

Dann zeigte er auf weitere fünf kleinere Monitore.

»Keinerlei Störfaktoren! Weder aus der Luft noch auf dem Boden!«

»Umso besser, David! Dann sollte der Präsident in zirka dreißig Minuten bei uns sein!«

Die beiden betrachteten wortlos die Monitore. David gehörte zu den engsten Mitarbeitern des Generals und Dexter zu seinen größten Gegnern. Basierend auf dieser Tatsache war der Kommunikationswille zwischen den beiden Militärs nicht der größte.

»Einen Kaffee?«

»Nein danke, David! Bevor der Präsident nicht sicher in der Basis angekommen ist, krieg ich nichts herunter.«

Und es herrschte erneut Stille in der Rechenzentrale.

David schaute auf die Uhr. Es fehlten noch zwei Minuten. Ein kurzer Blick auf Dexter ließ die ersten Schweißperlen auf seiner Stirn erscheinen. Der Vize ließ sich durch nichts von der Sateliten Aufzeichnung ablenken. Gebannt schaute Dexter auf die langsam durch die Salzwüste rollende Wagenkolonne. Die schwarze Limousine fuhr im Schutz zweier Jeeps und gefolgt von zwei weiteren Militärfahrzeugen über die staubige Straße

Richtung Area 51. Nichts schien den Konvoi gefährden zu können. Ein letzter Seitenblick auf Dexter, dann erhob sich der Leiter des Rechenzentrums und drückte in der Aufstehbewegung, ohne dass Dexter es bemerkte, auf einen Schalter.

»Sie erlauben, Sir!« sagte David und ging Richtung Tür. »Ich muss mal wohin!«

Dexter wandte einen Augenblick seinen Blick vom Monitor auf den Leiter des Rechenzentrums.

»Gehen Sie nur, David! Es läuft ja alles programmgemäß!«

Dann drehte er sich wieder den Bildschirmen zu. Wenn der Präsident erst einmal in der Area war, würde alles nach dem Plan des Satanen laufen und er konnte endlich die ihm seit langem zustehende Machtposition einnehmen.

Das kurze Flimmern *des Satelitenbildes* hatte der Vize nicht bemerkt und sah in Gedanken vertieft die Wagenkolonne wie zuvor ungestört durch die Wüste rollen.

8

Der Konvoi tat aber alles andere als weiterhin gemütlich über die staubige Straße zu fahren. Die Fahrzeuge hatten angehalten und nun musste alles schnell und mit absoluter Präzision ablaufen.

»Wir haben fünf Minuten, dann muss die Sache erledigt sein!« sagte Willis angespannt zu Matthew und stellte seine Stoppuhr ein. »Los jetzt!«

Danach lief alles so ab, wie es die gesamte Truppe viele Male in der Area durchexerziert hatte. Alle Marins sprangen aus den Fahrzeugen mit laufenden Motoren. Zwei von ihnen gingen mit einer Arzttasche schnellen Schritts Richtung Limousine und stiegen in den hinteren Bereich der Fahrgäste ein. In kurzer Zeit hatten sie jedem der Fahrgäste eine Ampulle Blut abgenommen und einige Haare entfernt, um die notwendige DNA im Auto verteilen zu können.

»General, Auto in Annäherung!« informierte Matthew seinen Chef.

Willis drehte sich kurz um und sah den gepanzerten Kleinbus mit hoher Geschwindigkeit näherkommen.

Kurz darauf hoben die Marins die vier bewußtlosen Bodyguards und den Präsidenten mit höchster Vorsicht aus der Limousine in den Gepäckraum des Busses. Die Klappe wurde zugeschlagen, der Fahrer der Limousine sprang auf den Beifahrersitz des Busses und weg waren sie.

Willis schaute erneut auf die Uhr.

»Noch zwei Minuten!«

Die Marins liefen zu ihren Fahrzeuge zurück. Einer der Soldaten hatte während der Umlegung der Fahrgäste die Aktentasche des Präsidenten mit einer identischen ersetzt und dann alles so eingerichtet, dass die Limousine auf der geraden Straße eine kurze Strecke ohne Fahrer zurücklegen konnte. Er ließ das Bremspedal los, sprang aus dem losfahrenden

Auto, schlug laufend die Tür der Limousine zu und sprang dann geschickt auf den ersten der vorbeifahrenden Jeeps.

»Perfekt!« sagte Willis und schaute auf die Uhr. »Fünf, vier, drei, zwei, eins …!«

Dann erfolgte eine derart heftige Explosion, dass alle Beteiligten, obwohl sie auf das Szenario gefasst waren, automatisch voll auf die Bremse traten. Instinktiv rissen sie die Arme hoch, um sich vor den Tausenden von Projektilen, die durch die Luft schossen, zu schützen.

Dexter und David, die die Explosion in einiger Entfernung auf dem Bildschirm beobachteten, sprangen entsetzt auf. Im ersten Moment brachten sie kein Wort über die Lippen.

Eine riesige Wolke aufwirbelnden Staubes umgab die gesamte Wagenkolonne. Erst als sich der Staub langsam auf den Boden absenkte, war das gesamte Ausmaß des Unglücks zu erkennen. Von der schwarzen Limousine in der Mitte des Konvois war nichts, aber auch gar nichts übriggeblieben. Die vier Militärfahrzeuge standen ungeordnet vor und hinter einer leeren Stelle, um die sich in weitem Umkreis ein grauer Schleier gebildet hatte, eine Art Patina bestehend aus Millionen kleinster Bestandteile, die die Explosion wie eine Erinnerung an den zuvor vorhandenen schwarzen Wagen für die Beobachter hinterlassen hatte.

Zunächst entfuhr eine Art Röcheln der Kehle des zweiten Mannes der Area 51. Er war weiß wie eine Wand und starrte fassungslos auf den Bildschirm. Nach ein paar Schrecksekunden jedoch kehrte Leben in ihn zurück. Wie ein Gedankenblitz kehrten die Worte des Satanen bei ihrem letzten Telefongespräch in seine Erinnerung zurück. Vielleicht war dies die Lösung! Alles dauerte nicht länger als ein paar Sekunden. Dann schaltete Dexter das Funkgerät ein und rief mit vorgetäuschtem Entsetzen:

»Willis!« Stille.

»Willis, hören Sie mich?«

Es ertönte ein Rascheln, dann ein lautes Knacken.

»… Dexter! Dexter, haben Sie das gesehen? Entsetzlich! Der Wagen mit dem Präsidenten hat sich vor unseren Augen pulverisiert!« antwortete der General mit fast flüsternder Stimme..

»Ich schicke sofort die Krankenwagen! Geht es Ihnen gut?«

»Ja, meine Männer scheinen in Ordnung zu sein ...« und fügte stockend hinzu, »... bis auf den Fahrer der Limousine, von der nichts übriggeblieben ist. Absolut nichts! Schicken Sie sofort Hilfe. Unsere Koordinaten kennen Sie ja.«

»Roger« war die kurze Antwort des Vize.

9

Während sich die Krankenwagen, ausnahmsweise ohne Sirenengeheul, da es in der Wüste weit und breit keine Menschen gab, die man vorwarnen musste, dem Ort der Explosion näherten, fuhr der Kleinbus, der kurz zuvor die illustren Fahrgäste eingeladen hatte, durch das hintere Tor der Militärbasis. Alle waren mit den Geschehnissen der letzten Stunde beschäftigt und keiner schenkte dem sich nähernden Fahrzeug die geringste Beachtung.

Der Bus fuhr direkt neben den Eingang des Geheimtraktes und stoppte. Ein Blick, ob sie beobachtet wurden, dann sprangen die beiden Marins aus dem Fahrerhaus, öffneten das Tor und hoben die fünf bewusstlosen Körper ungesehen ins Innere des Hügels, in dem die Grauen ein halbes Jahrhundert verbracht hatten, bevor sie mit ihrem Raumschiff den Rückweg in ihre Heimat angetreten hatten.

Sie legten die leblosen Körper in die zuvor festgelegten Zimmer und schlossen die Türen hinter sich ab. Ihre Aufgabe war erledigt, sie hatten den Befehl des Generals befolgt, warum auch immer er ausgesprochen worden war. Alles war nach Plan gelaufen, nun musste Willis wieder die Verantwortung übernehmen und neue Befehle aussprechen, die sie befolgen konnten. Befehle ausführen, dafür hatten sie den Eid geschworen. Sie hatten vor einigen Momenten den Präsidenten der Vereinigten Staaten in einem Zimmer eingeschlossen! Besser, wenn sie sich keine Gedanken über die Folgen machten! Sie hatten nur ihre Pflicht als Marins erfüllt.

Die beiden sahen sich einen Augenblick tief in die Augen. Der Marin, der kurz zuvor noch die Limousine gefahren hatte, blieb im Inneren des Geheimtraktes. Der zweite schloss das Tor, stieg in den Lieferwagen ein und fuhr los.

Als die Krankenwagen an der Unfallstelle eintrafen, konnte das Rettungspersonal weder ein menschliches Körperteil, geschweige denn den gesamten Körper eines der Opfer finden. Die Limousine schien sich im wahrsten Sinne des Wortes in Luft aufgelöst zu haben. Na ja, in Luft nicht gerade, da im weiten Umkreis kleinste Partikel des explodierten Fahrzeuges den weißen Wüstensand bedeckten. Die Spurensicherung der Basis war bereits an der Arbeit, ein Duzend in weiße Overalls bekleidete Marins untersuchte den Tatort nach jedem, auch dem allerkleinsten Hinweis, der bei der Klärung des entsetzlichen Attentates hilfreich sein konnte. Aber bis auf Millionen von Lack- und Metallpartikeln, die staubartigen Überreste einer Ledertasche und einiger Plastikteile, die wohl Teil der Bombe gewesen waren, wurde nichts gefunden … bis auf wenige Blutspuren, die überhaupt auf das Vorhandensein von Fahrgästen hinweisen konnten.

Als Dexter ein paar Minuten später am Tatort erschien, sprach Willis gerade mit dem Leiter der Ermittler über die Geschehnisse.

»Es war alles völlig reibungslos abgelaufen«, erklärte der Leiter der Area 51. »Das Flugzeug war pünktlich gelandet und nach einer kurzen Begrüßung hatten der Präsident und vier seiner Sicherheitskräfte im Gästebereich der Limousine Platz genommen. Der Marin George Smith ist dann hinter zwei Begleitfahrzeugen losgefahren, gefolgt von zwei weiteren. Es schien alles in bester Ordnung. Keine äußeren Störfaktoren, keinerlei Auffälligkeiten!«

»Aber dann muss die Bombe sich ja im Fahrzeug befunden haben!« stellte der Ermittler überrascht fest.

»Es gibt keine andere Erklärung«, bestätigte Willis. »Das Fahrzeug ist natürlich direkt vor der Fahrt zum Flughafen von oben bis unten untersucht worden und es war nicht die Spur von Sprengstoff in irgendeinem Teil des Wagens zu finden.«

»Was bedeuten würde, dass der Sprengstoff durch die Gäste im Auto deponiert worden ist«, fuhr Willis Gesprächspartner nachdenklich fort. »Wurden die Begleitpersonen des Präsidenten nicht untersucht?«

Der General sah sein Gegenüber an.

»Die Bodyguards?« fragte er erstaunt. »Nein, natürlich nicht! Die gehören zu den engsten Vertrauten des Präsidenten und werden, wenn überhaupt, von seinen Leuten überprüft.«

»Aber wie soll denn der Sprengstoff ins Fahrzeug gekommen sein?«

»Einer der Begleiter trug die Aktentasche des Präsidenten. Dort war wohl sein Tablet drin. Smith erwähnte während einer Funkverbindung kurz, dass der Präsident sein Tablet benutze«, erinnerte sich Willis.

»Ansonsten müsste einer der Bodyguards den Sprengstoff direkt am Körper getragen haben«, seufzte der Ermittler. »Man ist heute wirklich vor nichts mehr sicher. Wir werden alle Daten der Sicherheitskräfte des Präsidenten genaustens prüfen. Danke für ihre Unterstützung, Sir!«

Kaum hatte sich der Leiter der Untersuchungstruppe entfernt, trat Dexter auf den General zu.

»General! Das ist ja entsetzlich! Wer kann so etwas geplant haben?« sagte der Vize der Area 51 scheinbar völlig perplex, während er überlegte, ob der Satane dem Plan vorgegriffen und alles selbst in die Hand genommen hatte. »Washington wurde bereits informiert. Brendon wird in der nächsten Stunde eine öffentliche Erklärung abgeben und die Regierung übernehmen. Und dies so kurz vor den Wahlen! Vielleicht besteht da ein Zusammenhang!«

»Ja Dexter, vielleicht! Aber da müssen wir wohl das Ergebnis der Untersuchungen abwarten«, erwiderte Willis. »Ich fahre gleich in die Basis. Die Familie von Smith muss informiert werden.«

»Smith hatte keine Familie. Ich habe mich bereits darum gekümmert. Er war wohl Einzelkind, wie seine Eltern auch, die vor zwanzig Jahren bei einem Flugzeugabsturz ums Leben gekommen sind. Er ist als Waise in einem Heim aufgewachsen. Man könnte sagen, die Familie Smith ist nicht gerade vom Glück verfolgt!«

10

Und während Willis sich mit seiner Truppe auf den Rückweg in den Militärstützpunkte machte, klingelte in Dexters Büro das Telefon. In Gedanken nahm er den Anruf entgegen, überzeugt, dass es sich um weitere Informationen bezüglich des Bombenanschlages handelte. Aber zu seiner Überraschung ertönte die dunkle Baritonstimme des Satanen.

»Dexter, was ist denn bei euch los?«

»Stellen Sie sich vor! Die Limousine des Präsidenten wurde in die Luft gejagt«, antwortete der Militär mit versteckter Neugierde. »Das bringt unseren gesamten Plan durcheinander!«

»Unseren Plan?« unterbrach ihn der Satane. »Dexter, Ihnen ist schon bewusst, wer hier die Entscheidungen trifft?«

»Natürlich, natürlich! Entschuldigen Sie bitte!« gab der Militär mit wiederkehrender Angst zu, die seine Schweißdrüsen erneut arbeiten ließen.

»Wissen Sie eigentlich, was passiert ist?« erklang die donnernde Stimme des Anrufers.

»Ja, unsere Limousine für die Gäste der Area 51 ist mitsamt ihrer Insassen, unter denen sich der Präsident der Vereinigten Staaten Amerikas befand, in die Luft gesprengt worden!«

»Falsch!« erwiderte der Satane. »Sie sind wie immer schlecht informiert!«

Dexter schluckte kurz, schwitze noch ein wenig mehr und wusste nicht, was er von der Beschuldigung des Satanen halten sollte. Nach einer kurzen Pause, in der Dexter versuchte, einen klaren Gedanken zu fassen, jedoch nur seine eigene hektische Atmung wahrnahm, ertönte erneut die Stimme am anderen Ende der Leitung.

»Der erste Teil Ihrer Aussage war korrekt: die Limousine wurde in die

Luft gesprengt. Die zweite Aussage war falsch: es waren keine Insassen im Inneren des Wagens!«

Wieder machte der Satane eine Pause, diesmal um Dexter Zeit zum Überlegen zu geben.

Der erneute Schock ließ den Militär zu Stein erstarren. Sogar der Schweiß stoppte seinen Fluss. Das war doch unmöglich! Der Wagen sollte leer gewesen sein? Völlig absurd ... aber der Satane hatte bis jetzt immer recht behalten! Tausend Gedankenblitze schossen ihm durch den Kopf.

»Dexter!!! Hallo!!! Sind Sie noch da?«

»Ja ... ja ... ich bin noch da«, brachte er völlig verunsichert hervor. Dann nahm er all seinen Mut zusammen und wagte die Frage, die ihm auf der Zunge brannte.

»Und wo soll dann der Präsident sein?«

»Na wo schon Dexter? Wo könnte er wohl in der Salz- und Steinwüste Nevadas hundert Kilometer entfernt von Las Vegas sein?« fragte der Satane fast belustigt.

»In der Area???« war die einzig logische, aber für Dexter völlig unglaubliche Schlussfolgerung.

»Bingo!«

11

Exel hatte auf dem riesigen sahnefarbenen Sofa in seiner irdischen Residenz Platz genommen, dem kleinen Raumschiff auf dem Grund des Sees von Garden City. In seine Gedanken vertieft beobachtete er das immer wieder herrliche Schauspiel der verschiedenartigen, bunt schimmernden Fische, die sich vor der riesigen Scheibe herumtummelten, die als durchsichtige Wand den Wohnraum vom Wasser trennte.

Das Hologramm seines Bordcomputer schwebte in Form eines stilisierten Frauenkopfes neben ihm.

»Exel, warum so nachdenklich? Haben sich deine lieben Menschenkinder nicht über die Botschaft gefreut, dass du sie nicht erschaffen, sondern nur einige Exemplare jedes Geschlechtes auf die Erde gebracht hast!« fragte Ophelia mit spöttischem Unterton. Sie hatte keine allzu hohe Meinung von den Erdenbewohnern und konnte nicht verstehen, dass ihr Herr so um das Wohlergehen dieser unterentwickelten Wesen bemüht war.

»Nur gut, dass die weiblichen Exemplare nicht allzu sehr deiner befreundeten Balletttänzerin Lina* ähnelten! Sonst hätte die menschliche Rasse wohl im Laufe der Jahre zu Nasenbären mutiert!« fuhr die IA fort.

»Ophelia!« ertönte laut die Stimme des aufgebrachten Außerirdischen. »Hör bitte auf, ununterbrochen beleidigend über die Menschen zu sprechen. Das haben sie wirklich nicht verdient. Ihr Verhalten ist zwar nicht immer löblich, aber der Großteil ihrer Rasse bemüht sich, das Gute im Rahmen der Möglichkeiten zu verfolgen.«

---

* Exel Teil II – *Der Sterbende Schwan*

»Im Rahmen der Möglichkeiten!« stöhnte Ophelia. »Welch taktisch elegante nichtssagende Wortwahl!«

»Ja, lass mich ausnahmsweise diese diplomatische Formulierung benutzen …«, erwiderte Exel und konnte sich ein Lächeln nicht verkneifen, »… die ein menschlicher Vertreter des homo politicus verwendet hätte?«

»Homo politicus?« fragte Ophelia. Das weibliche Gesicht warf seinem Herrn einen fragenden Blick zu und wollte gerade in ihrem Inneren nachschlagen, als Exel erklärend fortfuhr:

»Ja, homo politicus! Weder homo errectus noch homo sapiens! Der homo politicus gehört zu einer speziellen Rasse der Erdbevölkerung. Die Bedeutung des Wortes Scham ist ihm unbekannt und er würde deine Kritik zu recht verdienen. Dieser Spezies gelingt es, an einem Tag offiziell eine These zu vertreten und laut zu verkünden, um sie am darauffolgenden Tag mit vollster Überzeugung zu bekämpfen und für absolut verwerflich zu erklären. Und all dies tut er, als seie es das Normalste auf der Welt. Sein Fähnchen dreht sich stets im Wind, immer der Strömung seiner Partei folgend. Er trifft sich häufig mit anderen Vertretern seiner Rasse, um sich gegenseitig das höchste Lob auszusprechen. Dies geschieht natürlich nur in den feinsten Räumlichkeiten bei exzellentem Essen! Bezahlt wird ja sowieso alles von den Bürgern! Und während der homo politicus mit vollen Magen vortäuscht, sich um das Wohl des Volkes zu kümmern, haben oft Teile dieser Bevölkerung nicht einmal das Geld, sich satt zu essen … dank der Entscheidungen eben dieser politischen Rasse. Kurz und gut! Schlimmer als sie könnte man nur diejenigen bezeichnen, die sie auch noch freiwillig wählen!«

Der Bordcomputer sah seinen Herrn glücklich lächelnd an. Endlich hatte er einmal etwas Negatives über diese Menschen gesagt, wenn auch nur über einen kleinen Teil von ihnen. Wenigstens ein Beginn!

»Ophelia, bitte schau doch mal in deiner Datenbank nach, was du über Pyramiden und deren Zusammenhang mit den Erdbewohnern finden kannst.«

»Pyramide?« fragte das stilisierte Gesicht und begann bereits im Inneren zu arbeiten. »Über den geometrischen Körper oder die altertümliche Bauform?«

Exel lehnte sich zurück.

»Über die altertümliche Bauform, ihre Herkunft und symbolische Bedeutung für die Menschen!«

Lange musste er nicht auf die Informationen des Computers warten. Nach wenigen Momenten sprudelten die Worte nur so aus dem wohlgeformten Mund des Hologrammes:

»Der Begriff stammt ursprünglich aus der ägyptischen Sprache und bedeutet Grab, übertragen in die griechische Sprache Pyramide: pyramís, im Plural pyramídes. Es handelt sich um eine altertümliche Bauform mit meist quadratischer Grundfläche und stufenförmigem Aufbau, die in zahlreichen Kulturen wie Ägypten, Lateinamerika und China zu unterschiedlichen Zeiten und vorwiegend als Gebäude mit religiösem oder zeremoniellem Charakter errichtet wurden. Zu den bekanntesten Pyramiden gehören wohl die Pyramiden von Gizeh in Ägypten, die als eines der sieben Weltwunder der Antike zum Weltkulturerbe der Menschen zählen.«

Ophelia machte eine kurze Pause.

»So und nun zur symbolischen Bedeutung der Pyramide!« und wieder begann ein scheinbar nicht zu stoppender Wortfluss. »Neben der Erklärung, dass diese Bauart der ägyptischen Grabmäler die Stufen darstellt, auf welchen die Pharaonen nach ihrem Tod in den Himmel aufsteigen sollten, existiert auch die These, dass die Pyramide ein machtvolles Symbol der Illuminaten sein soll, welches in der Regel vom All-Sehenden Auge begleitet wird, das auf ihrer Spitze thront. Die Pyramide auf dem Dollarschein der Vereinigten Staaten, beziehungsweise die Rückseite des Siegels ist ein Symbol, über dessen Ursprung viel spekuliert wurde ...«

»... auf der heutigen Dollarnote?« fragte Exel etwas überrascht.

»Ja, auf der Dollarnote, die im Jahre 1932 durch Präsident Franklin D. Roosewelt in Umlauf gebracht wurde und heute noch so gedruckt wird. Auf der Vorderseite der Ein-Dollarnote findet man auf der rechten Seite das Siegel der US-Staatskasse, auf der Rückseite die beiden Seiten des amerikanischen Staatssiegels, links eine ägyptische Pyramide mit dreizehn Stufen und dem *allsehenden Auge,* rechts einen Seeadler mit dreizehn

Sternen über dem Haupt, der in der rechten Kralle einen Olivenzweig mit dreizehn Blättern und dreizehn Früchten trägt, während die linke Kralle des Adlers ein Bündel mit dreizehn Pfeilen umfasst.«

»Warum betonst du die Zahl dreizehn so sehr?« unterbrach Exel den Redestrom seiner IA.

»Das würde jetzt etwas zu weit führen«, erwiderte Ophelia, da sie über diese Zahl tausende von Abrufe aus ihrem Datenspeicher bereitliegen hatte. »Ich bin durch die Dollarnote etwas von der Symbolik der Pyramide abgeschweift.«

Aber im gleichen *Atemzug* fuhr sie fort:

»Das hier könnte dich interessieren: die Prä-Astronautik geht der Theorie nach, dass in der Frühzeit der Menschheit außerirdische Intelligenzen die Erde besucht haben. Einige Vertreter der Prä-Astronautik gehen davon aus, dass der Pyramidenbau zu verschiedenen Zeiten und in den verschiedenen Regionen durch außerirdische Wesen oder durch Überlebende früherer technischer Hochzivilisationen wie zum Beispiel Atlantis vermittelt wurde. In nahezu allen größeren antiken Kulturen existieren Überlieferungen von Begegnungen mit Göttern und anderen fabelhaften Wesen, die als Besuche außerirdischer Wesen gedeutet werden.«

»Das höre ich gern!« unterbrach Exel erneut den Vortrag Ophelias. »Das heißt die Menschen haben wenigstens die Möglichkeit in Betracht gezogen, dass wir und andere außerirdische Lebewesen einer gewissen Intelligenz existieren.«

»Einer gewissen Intelligenz!« regte sich das Hologramm sofort auf. »Wenn die Menschen nur ein Hundertstel unserer Intelligenz besäßen, würden sie sich umgehend zu den intelligentesten Wesen des gesamten Weltalls ernennen …«, und setzte nach einer kurzen Pause hinzu, »… was sie ja jetzt schon tun!«

»Ophelia!« stöhnte Exel kurz auf. »War's das?«

»Nein, noch ein Zusatz: Vertreter dieser Parawissenschaft meinen, dass Außerirdische die Pyramiden entweder erbaut haben oder zumindest dabei geholfen haben, da die Präzision dieser Gebäude überwältigend und für die damaligen technischen Voraussetzungen unerklärbar ist. Die

Cheops-Pyramide liegt auf dem dreißigsten Breitengrad und ist daher genauso weit vom Mittelpunkt der Erde entfernt wie vom Nordpol. Ufologen fanden weitere seltsame Übereinstimmungen. Die Abstände zwischen den drei großen Kammern in der Pyramide sollen den Abständen zwischen Erde, Mars und dem Asteroidenring Phaeton entsprechen. Daher gehen sie davon aus, dass die menschliche Zivilisation eventuell durch das Eingreifen Außerirdischer beeinflusst oder sogar von ihnen erschaffen wurde«, schloss der Bordcomputer seinen Bericht ab.

»Ja, das würde Sinn machen«, murmelte Exel, während er sich aus dem Sofa erhob, zum Ende des großen Raumes ging und Spannung in seinen Körper aufbaute.

»Was hast du vor?« fragte Ophelia misstrauisch, da die Körperhaltung ihres Herrn Schlimmes ankündigte … Schlimmes für sie, da sie das geliebte Hobby Exels hasste.

»Das weißt du doch, meine Liebe!« und begann, in Pirouetten und kleinen Schrittfolgen den Raum zu durchqueren. Er liebte das klassische Ballett und hatte die einzelnen Figuren dieses Tanzes als Verteidigungsart zur Abwehr seiner Gegner gewählt. »Ich muss ein bisschen üben, damit ich die harmonischen Elemente dieses klassischen Tanzes nicht verlerne. Vielleicht werde ich sie bald einsetzen müssen.«

»Aber du bist doch offiziell noch in Urlaub?«

»Gina und Jeff haben mich bei unserem letzten Abendessen gebeten, den Urlaub zu unterbrechen, da Ginas Bruder meine Hilfe benötigt«, und landete nach einem Spagatsprung im Plié vor dem Hologramm. »Du kannst dich doch sicher noch an Ralph erinnern«, fügte er mit einem amüsierten Lächeln hinzu. »Seine imposante Figur mit hübschem Gesicht und blonder Haarpracht scheint dir ja nicht entgangen zu sein!«

Beschämt drehte sich Ophelia etwas zur Seite. Wäre Blut in ihren Adern geflossen, hätte sicherlich eine leichte Röte ihre Wangen zum Leuchten gebracht! Dann fasste sie sich wieder und fragte fast trotzig, um ihre Verlegenheit zu überspielen:

»Was wollen sie denn schon wieder von dir? Sicher sollst du irgendein Problem für sie lösen, da sie unfähig sind, es selbst zu tun!«

Exel überhörte die Bemerkung des Bordcomputers und vollführte mehrere Sprünge, um in einem Halbkreis das andere Ende des Wohnraumes zu erreichen.

»Wir werden uns in den nächsten Tagen in Ralphs Büro treffen, wo ich einen neuen Freund seiner geheimen Organisation kennenlernen soll, der wohl in enger Beziehung zu einer Pyramide steht und …«, es folgte eine kurze Pause, »… wie wir nicht von der Erde stammt!«

»Waaaassss?« war das einzige, das Ophelia in diesem Moment vor Erstaunen hervorbrachte.

12

Noch am gleichen Abend des Staatsstreiches griff Willis in seinem Büro nach dem Telefon und wählte die Kontaktnummer des designierten Nachfolgers des Präsidenten, James Brendon.

»Sekretariat Brendon«, antwortete die freundliche Stimme einer jungen Dame.«Hier spricht General Willis, Leiter der Area 51«, antwortete der Militär. »Ich muss so schnell wie möglich mit Herrn Brendon sprechen.«

»Einen Moment, General! Ich frage, ob er vor der TV Übertragung noch Zeit hat.«

Willis wurde in die Warteschleife gestellt, in der die beruhigende Melodie eines Stückes von Schubert ertönte. Es dauerte kaum eine Minute, dann wurde die Musik durch ein Knacken unterbrochen.

»Willis, seien Sie gegrüßt! Haben Sie Neuigkeiten für mich?« fragte der momentane Präsident der Vereinigten Staaten.

»Sir! Bis auf die Insassen der Präsidentenlimousine sind alle gut auf«, lautete die Antwort gemäß den Abmachungen, die die beiden auf dem Golfplatz getroffen hatten: keine Einzelheiten ihres Projektes über die normale Telefonleitungen. »Aufgrund des Ausmaßes der Explosion konnten nur kleinste Bestandteile des Wagens und einige wenige Blutspuren gefunden werden«, fuhr Willis fort. »Die meisten Partikel sind jedoch verbrannt. Sie werden nun von den Ermittlern auf DNA Spuren und Hinweise auf die Art der Bombe untersucht. Danach können wir eventuell mehr sagen.«

»Danke für Ihren Einsatz, General! Bitte halten Sie mich auf dem Laufenden! Ich muss Schluss machen! Die Bürger warten auf eine Erklärung meinerseits.« Dann räusperte er sich und setzte hinzu:

»Wie wäre es mit ein paar Golfschlägen in den nächsten Tagen?«

»Immer gerne, Herr Brendon! Zur gleichen Zeit am gewohnten Platz?«

»Perfekt!«

Dann ertönte ein Klicken und das Gespräch war beendet.

Drei Tage später saß Willis erneut auf der Holzbank unter der dichten Baumgruppe der Driving Range des Golfclubs von Las Vegas. Und erneut nahm Herr Brendon neben ihm Platz, diesmal nicht mehr in der Rolle des Vizepräsidenten sondern in der des ersten Mannes der Vereinigten Staaten.

»Gut, dass wir dieses idyllische Plätzchen für unsere ... sagen wir, nicht gerade alltäglichen ... Gespräche gefunden haben«, begann der Präsident und sah Willis mit einem vielsagenden Lächeln an. »Wie waren die letzten Tage in der Area?«

»Anstrengend, Sir! Sehr anstrengend!« antwortete der General mit einem bestätigenden Kopfnicken. »Sie können sich sicher vorstellen, welche Kunststücke meine Leute vollbringen müssen, um den Präsidenten und seine Bodyguards völlig im Dunkeln darüber zu lassen, wer sie gekidnappt hat und wo sie sich befinden, ohne gleichzeitig der restlichen Belegschaft des Militärstützpunktes irgendeinen Anlass zu geben, Verdacht zu schöpfen.«

»Wieviel Soldaten sind in das Projekt eingeweiht?«

»Zirka ein Duzend! Der harte Kern meiner Truppe! Falls wir es nicht schaffen sollten, würden mir weitere acht vertrauenswürdige Marins zur Verfügung stehen, für die ich meine Hand ins Feuer lege. Aber im Moment habe ich es vorgezogen, so wenig Personen wie möglich in das Projekt einzuweihen.«

»Eine weise Entscheidung! Je weniger Menschen die Einzelheiten kennen, umso wahrscheinlicher ist es, dass unsere Aktion Erfolg hat! Ich denke, darüber sind wir uns einig!« stimmte Brendon zu.

»Gewiss, Herr Präsident!«

»Und wie verhält sich unser Ex Staatsmann?«

»Na ja, Sie kennen ihn ja besser als ich! Nach einem ersten weinerlichen Nervenzusammenbruch hat er sich jammernd in sein Bett verzogen. Nach zwei Tagen scheint nun seine Angst einer unmittelbaren Gefährdung abzunehmen und er beruhigt sich langsam. Die Fähigkeiten eines wahren Staatsmannes hat er ja niemals besessen, weder was seinen Charakter noch seine professionelle Erfahrungen angeht.«

»Leider wissen wir das beide allzu gut! Er ist von einigen sehr reichen und machtgierigen Menschen in diese Position gebracht worden, um wie eine Marionette die gewünschten wirtschaftlichen und politischen Entscheidungen auf höchster Ebene zu treffen.«

»Diese Tatsache hat Sie ja sicher zu dieser extremen Vorgehensweise gedrängt, Herr Präsident!«

»So ist es Willis. Sein Verhalten war für das Wohl des amerikanischen Volkes nicht mehr tragbar. Nun hoffen wir, dass die Wähler im letzten Wahlgang ihre Stimme für mich abgeben. Dann haben wir hoffentlich vier Jahre vor uns, in denen wir den völlig absurden Entscheidungen meines Vorgängers entgegentreten können, um zu versuchen wieder Stabilität und Zufriedenheit in dieses große Land zu bringen.«

Brendon erhob sich.

»General, falls nichts Außergewöhnliches geschieht, halten Sie bitte die besprochene Funkstille ein. Sollten Sie jedoch das dringende Bedürfnis haben, mit mir zu sprechen, wissen Sie, was zu tun ist.«

Willis wollte ebenfalls aufstehen und den Präsidenten zum Ausgang begleiten.

»Bleiben Sie noch einen Moment sitzen, Willis! Man weiß ja nie! Wir sollten es vermeiden, gemeinsam gesehen zu werden … wenn auch nur auf dem Golfplatz!«

Dann schob er den Schirm seiner Golfmütze so tief wie möglich ins Gesicht und schlug den Kragen der leichten Sportjacke nach oben. Niemand konnte auch nur ahnen, dass sich hinter dem großen sportlich gekleideten Mann der wichtigste Mann Amerikas verbarg, der ruhigen Schrittes aus der Baumgruppe hervortrat und zum Ausgang ging.

13

Als das Türschloss von außen geöffnet wurde, schlug der Präsident die Augen auf. Wieder hatte er schlecht geschlafen, auch wenn die Angst eines direkten körperlichen Angriffs durch die Entführer gewichen war.

»Guten Morgen!« schrillte die verzerrte Stimme aus einer Maske, die der Eintretende zur Tarnung trug. Er trug wie jeden Tag einen Khaki Kampfanzug, der keinerlei Rückschlüsse auf seine Herkunft ermöglichte.

»Ihr Frühstück, Sir!« sagte er höflich.

Dann stellte er das Tablett mit einer Kanne Kaffee, einem Korb voller Brötchen, Butter und verschiedenen Brotaufstrichen auf den kleinen runden Tisch.

»Haben Sie einen besonderen Wunsch?« piepste die Stimme.

»Ich will sofort hier raus!« erwiderte der Präsident verärgert.

»Sie wissen, dass das nicht möglich ist!«

»Man wird ja wahnsinnig hier. Kein Computer, kein Telefon, kein Fernsehen!«

»Daher haben wir Ihnen ein DVD Gerät mit einer Vielzahl bekannter Filme und ein volles Bücherregal zur Verfügung gestellt«, erwiderte der Mann und zeigte dabei auf die gegenüberliegende Wand, die von einem großen Regal bedeckt wurde, in dessen Mitte ein großer Bildschirm mit DVD Player thronte, umgeben von einer Vielzahl von DVDs und Büchern der verschiedensten Inhalte.

»Wenn wenigstens ein gescheiter Film dabei wäre. Nur Holywoodschinken, Krimis und Dokumentarfilme!« beschwerte sich die ehemalige Nummer eins Amerikas. »Haben Sie nichts Prickelnderes anzubieten?« und dachte dabei an die vielen hübschen Damen, die sich für das Amt seiner neuen Sekretärin beworben hatten.

»Meinen Sie Frauen?«

»Was denn sonst!« wetterte der Ex-Präsident und fuhr voller Sarkasmus fort: »Oder haben Sie andere Vorlieben?«

Ohne auf die Provokation zu antworten, ging der Geiselnehmer zur Tür, drehte sich ein letztes Mal um und sagte:

»Ich werde versuchen, was ich für Sie tun kann, Sir!«

Dann verließ er das Zimmer und drehte den Schlüssel im Schloss um. Erleichtert nahm der Marin die unangenehme Maske ab und atmete erst einmal tief durch. Wie er dieses Teil hasste, aber es war die sicherste Variante, sein Aussehen und die eigene Stimme zu verstecken. Diesmal steckte der Marin Smith unter der Tarnung, der Fahrer der Präsidenten-limousine … offiziell für tot erklärt.

Er ging den Flur entlang und stieß am Ende eine Tür auf.

»Mein Gott! Wenn ich denke, dass dieser Trottel fast vier Jahre lang regiert und das Schicksal unseres Landes beeinflusst hat!«

Die drei anwesenden Marins drehten sich zu ihm um. Sie saßen am Tisch des Aufenthaltsraum des Geheimtraktes der Area 51 und früh-stückten gerade.

»Nun komm erst mal rein und trink 'ne Tasse Kaffee!«

Matthew, der diese Woche zum Wachdienst der Präsidententruppe ge-hörte, stand auf und stellte eine weitere Tasse auf den Tisch.

Smith ließ sich auf den Sessel fallen.

»Er wird als Geisel gefangen gehalten, weiß nicht, was mit seinen Leuten passiert ist, hat keinerlei Vorstellung, was nach seinem Verschwinden mit der Regierung geschehen ist und hat nur eine einzige Sache im Kopf … Sex!!! Ich glaub es einfach nicht!«

»Nun begreifst du wenigstens endlich, warum wir diesen Menschen von einer der wichtigsten Positionen der Weltpolitik entfernen mussten!« sagte Matthew und fügte hinzu. »Du schienst mir einer derjenigen, der am wenigsten von unserem gesamten Projekt überzeugt war. Das hat sich ja nun hoffentlich geändert!«

»Das kannst du laut sagen, Matthew!« stöhnte Smith auf. »Aber wer hätte sich denn jemals vorstellen können, dass dieser von vielen anderen

Politikern, Industriellen, Bankern, Sportlern und Prominenten hochgelobte Mann so ein Volltrottel sein könnte!«

Dann stützte er beide Ellenbogen auf dem Tisch auf und ließ seinen Kopf in die Hände fallen.

»Mir wird ganz schlecht bei dem Gedanken, dass ich diesen Mann gewählt habe!«

Es folgte ein Moment der Stille.

»Da bist du nicht der einzige«, gab ein zweiter Marin etwas beschämt zu.

»So wie es Millionen von Amerikanern getan haben! Was auch nicht verwunderlich ist«, bestätigte Matthew. »Siehst du, mein Lieber, das Problem ist nicht die Tatsache, dass du ihn gewählt hast, sondern dass du oder wir ein Ektoplasma gewählt haben. Eine Person, die nur in der Vorstellung der Köpfe existiert, die seine Wahl unterstützen, um ihre Interessen zu vertreten. Anders gesagt: die Demokratie, falls es sie jemals gegeben hat, dient nur dazu, einem diensthabenden Anführer das Wort zu erteilen.

»Aber wenn du so denkst, warum hast du ihn dann gewählt?«

»Ganz einfach … da er auch meine Interessen vertreten hat!«

»Und der Idealismus? Gibt es den gar nicht mehr?«

»Sicher gibt es ihn! In den Köpfen der armen Wähler, die dank Zeitungsnachrichten, TV Übertragungen und Aussagen vieler Opportunisten dazu gebracht werden zu glauben, dass dieser Anführer die beste, ehrlichste, und idealistischste Person der Welt sei. Dagegen ist er nur eine Marionette in den Händen der üblichen wichtigen und einflussreichen Persönlichkeiten. Ist dir noch nie aufgefallen, dass ein Politiker, egal von welcher Seite er auch kommen mag, nicht normal spricht, sondern immer eine Ansprache hält. Er benutzt immer den Ton desjenigen, der die absolute Wahrheit verkündigt. Aber wie viele Politiker gibt es auf der Welt?« Matthew hielt einen Moment inne. »Wie viele absolute Wahrheiten gibt es also? Und das Beeindruckendste ist, dass sie wirklich an ihre Worte zu glauben scheinen, egal ob sie am darauffolgenden Tag genau das Gegenteil behaupten. Daher kann ich nur eins sahen: sie sind keine Politiker, sondern … Schauspieler …«

»… und leider oft keine sehr guten!« fuhr Smith fort. »Besonders der hier nebenan! Jetzt haben wir ihn ja Gott sei Dank aus dem Verkehr gezogen, so dass er keine weiteren absurden und unserem Land schädlichen Entscheidungen mehr treffen kann«, fügte Smith hinzu und schlürfte an seinem Kaffee. Dann sah er Matthew an und fragte:

»Und was machen wir nun mit ihm? Sollen wir ihm ein paar Pornofilme beschaffen?«

»Das wird wohl das Einfachste sein, wenigstens für den Moment!« antwortete Matthew nachdenklich. »Im zweiten Moment wird er, wenn ich ihn richtig einschätze, nach einem weiblichen Wesen aus Fleisch und Blut verlangen, um sein durch die Filme zusätzlich gesteigertes Verlangen zu befriedigen.«

»Das mag schon sein, aber nun suchen wir erst einmal ein paar Filme für ihn. Dann lässt er uns wenigstens momentan in Ruhe! Matthew, könntest du dich bitte darum kümmern. Du weißt ja, jemand, der offiziell in die Luft geflogen ist, kann leider nicht einfach hier rausspazieren!«

14

Dexter lief aufgrund der völlig unerwarteten Information des Satanen aufgeregt durch die verschiedenen Gebäude des Militärstützpunktes, in der Hoffnung, dass ihn beim Betreten der Räumlichkeiten ein Geistesblitz erleuchten würde. Der Satane hatte zwar durch seine übernatürlichen Kräfte erkannt, dass der Präsident noch lebte und sich in der Area befand, aber seinen exakten Standort hatte er nicht ausmachen können. Das war nun Dexters Aufgabe.

Seine Gedanken überschlugen sich. Was hatte Willis ohne seine Inkenntnissetzung organisiert? War der Präsident vielleicht mit involviert und einvernehmlich auf den Stützpunkt gekommen? Hatte man dem gesamten amerikanischen Volk etwas vorgespielt? Nein, das konnte er sich nicht vorstellen. Oder handelte es sich um einen Militärputsch? Bei diesem Gedanken musste er kurz auflachen. Ein Putsch, organisiert von einer Handvoll Soldaten! Nein, unmöglich, ohne das Mitwissen der gesamten Truppe der Area 51!

Dexter war bei der Bibliothek angelangt und öffnete die Tür zum Lesesaal. Langsam schritt er durch den großen Raum, in dem völlige Ruhe herrschte. Einige Soldaten saßen mit gebeugten Köpfen über den von ihnen gewählten Büchern. In ihre Lektüre vertieft bemerkten sie die Anwesenheit des zweiten Mannes der Area nicht. So ging er wortlos an den Tischreihen vorbei und wollte bereits die Bibliothek verlassen, als er versteckt durch ein Bücherregal im hintersten Winkel des Lesesaales, wo die öffentlichen Computer des Stützpunktes aufgestellt waren, Matthew erblickte. Matthew, die rechtes Hand des Generals! Was machte der Marin nach den Aufregungen der letzten Stunden denn in der Bibliothek?

Matthew war damit beschäftigt, *geeignetes Material* für den Präsidenten herunterzuladen und entnahm gerade die DVD mit den gewünschten Filmen dem Gehäuse. Dies war auf den privaten Laptops, die innerhalb der Area strengsten Sicherheitsvorschriften unterlagen, nicht möglich. Aber über die offiziellen Internetzugänge in der Bibliothek erlaubte man den Soldaten ab und zu einen Abstecher in *verbotene Bereiche.*

Matthew stand auf, steckte die DVD in die Jackentasche und verließ den Leseraum, ohne die Anwesenheit Dexters zu bemerken. Als Matthew die Tür hinter sich geschlossen hatte, setzte sich Dexter an den gleichen Computer und rief in Internet die Chronik der zuletzt aufgerufenen Webseiten auf.

»Aha!« murmelte er mit einem verschmitzten Lächeln. »Der Marin braucht etwas Unterhaltung für den Feierabend!«

Dann verließ auch er die Bibliothek und sah in einiger Entfernung Matthew, der sich zu Fuß jedoch nicht Richtung Wohngebäude begab, sondern scheinbar den Sicherheitstrakt aufsuchte.

»Was will er denn mit Pornofilmen im Sicherheitstrakt?« fragte sich der Vize verwundert. Instinktiv folgte er dem Marin, um zu sehen, ob er wirklich in den Trakt hineinging, in dem die Grauen einige Jahrzehnte gelebt hatten und somit die unterirdischen Räume zu seinem dauernden Arbeitsplatz gemacht hatten. Seit des überstürzten Starts des Raumschiffs und seiner Besatzung hatte er den Geheimtrakt nur noch ein einziges Mal von Innen gesehen. Momentan standen alle Räume leer und es gab keinen Grund, diesen Bereich, der den geheimsten Militärprojekten Amerikas gewidmet war, zu betreten.

Aber dann wiederholte er seine Worte in Gedanken mehrere Male: Sicherheitstrakt, Geheimtrakt, geheime Projekte … geheim!

Er folgte wie in Trance dem in einigem Abstand vor ihm gehenden Marin, versteckte sich jedoch hinter einer Hauswand, als Matthew am Eingang des Hügels angelangt war. Zu recht, da Matthew sich nun umdrehte, um zu sehen, ob ihn irgendjemand beobachtete. Ein paar Sekunden später wurde die Tür von Innen geöffnet und Matthew verschwand.

Dexter wartete noch einige Minuten, aber weiter geschah nichts. Tür und Tor blieben geschlossen, als wenn der Trakt nach den vielen Jahren voller ungewöhnlicher Aktivitäten, geheimer Untersuchungen und versteckter Entwicklungsarbeit endlich die verdiente Ruhe gefunden hätte.

»Geheim…«, murmelte Dexter, » … geheim«, wiederholte er noch einmal, in seine Überlegungen vertieft. »Matthew, die rechte Hand von Willis, der im Geheimtrakt verschwindet. Das könnte es sein!« Und nach einer kurzen Pause führte er sein Selbstgespräch fort: »Das *muss* es ein! Ein geheimes Projekt, natürlich! Nur diesmal nicht nur geheim für die Öffentlichkeit, sondern für alle … bis auf Willis und seine engsten Vertrauten!«

Seine Gedanken überschlugen sich. Wenn sich der Präsident wirklich in der Area befand, wie der Satane behauptet hatte, dann sicher im Sicherheitstrakt unter dem Hügel! Aber wer steckte dahinter? Satanas war es nicht! Willis allein hätte sich niemals gegen den Präsidenten aufgelehnt. Wer konnte für eine derartige Aktion verantwortlich sein? Der teuflische Satane würde es ihm beim nächsten Anruf sicher erklären können.

15

Exel betrachtete neugierig den jungen Mann, der ihm freundlich lächelnd die Hand entgegenstreckte. Das war also das Wesen, das laut Aussage der Anwesenden aus einer Pyramide kosmischen Ursprungs entstiegen sein sollte? Der junge Mann schien eher einer Maßschneiderei entsprungen zu sein! Dann ermahnte sich Exel: man sollte niemals aufgrund des ersten Eindruckes ein Urteil abgeben! Und wenn er es sich richtig überlegte, warum sollte es eigentlich in einer Pyramide keine Maßschneidereien geben?

Der Händedruck, der folgte, war entgegen den Erwartungen der Umstehenden nicht von einem kosmischen Ereignis begleitet, sondern von einem ganz normalen:

»John, sehr erfreut!« und » Exel, ganz meinerseits!«

»Wenn das das Einzige ist, was sich zwei Außerirdische bei ihrem ersten Treffen auf dem Planeten Erde zu sagen haben, können wir das Ganze vergessen …«, hätte Jeff am liebsten gesagt, als er die Szene beobachtete. Aber er schwieg.

Die anderen betrachteten ebenfalls voller Neugierde den ersten Kontakt zwischen den zwei Außerirdischen. Eins war sicher: so etwas hatte es noch nie gegeben!

Dann nahmen alle Platz, ohne ein weiteres Wort zu sagen. Exel war der erste, der das Schweigen brach.

»Mir wurde berichtet, dass du dich nicht an dein ursprüngliches Leben erinnern kannst und vergessen hast, welche Bedeutung die Pyramide besitzt, der du entstiegen bist!«

John breitete die Arme aus und zuckte traurig mit den Schultern.

»So ist es, Exel! Ich habe leider alles vergessen, auch wenn ich während meiner Träume Momente durchlebe, die sicher Teil meines vorherigen

Lebens waren. Aber diese Augenblicke sind sehr undeutlich und zu verwirrend, um zur Rückkehr meiner Erinnerungen beizutragen. Nur eine Sache ist sicher: ich wurde zu einem ganz bestimmten Zweck auf die Erde gesandt.«

John sah Exel fest in die Augen.

»Und sobald ich diesen Zweck kenne, wird auch der Rest meines früheren Lebens ins Gedächtnis zurückkehren.«

Schweigen.

»Siehst du, John«, hauchte Gina verlegen in die Stille, die eingetreten war, »genau darin liegt der Grund unseres Treffens. Wir möchten dir helfen, dich wieder zu erinnern. Exel besitzt außergewöhnliche Fähigkeiten …«, und fuhr lächelnd fort, »… einige sind sehr bemerkenswert, andere etwas weniger, wie zum Beispiel seine Überzeugung, ein toller Balletttänzer zu sein, oder die Tatsache, dass er ununterbrochen in diesem lächerlichen Kostüm herumläuft!« Bei diesen Worten konnte sie sich ein verhaltenes Lachen nicht verkneifen. »Jedenfalls besitzt er die Fähigkeit, in die Köpfe der Menschen zu sehen, und dies könnte dir, John, beim Ausgraben deiner Erinnerungen zugute kommen«, endete Gina wieder in ernstem Tonfall.

Exel erhob sich von seinem Sessel und näherte sich dem sitzenden John.

»Okey, ich habe mich auf dieses … nennen wir es … Experiment eingelassen, mehr um dich kennenzulernen als aus anderen Gründen, da ich nicht glaube, dass es funktionieren wird. Aber wir können es ja probieren!«

Er blieb neben John stehen und legte ihm sanft die rechte Hand auf den Kopf. Dann schloss er die Augen und verharrte unbeweglich in der gleichen Position. Erneut trat absolute Stille ein und alle schienen den Atem anzuhalten, um auch die kleinste Kleinigkeit wahrnehmen zu können. Nach einer halben Ewigkeit öffnete Exel die Augen, entfernte die Hand von Johns Kopf und schüttelte betrübt den Kopf.

»Nichts! Ich spüre nichts! Tut mir leid, John, ich kann dir leider nicht helfen!«

Dann drehte er sich zu den Zuschauern um und säuselte mit einem ironischen Lächeln auf den Lippen:

»Aber die Hand auf dem Kopf war nicht schlecht, oder? Ihr müsst zugeben, der Showeffekt war gut!«

»Endlich mal ein Außerirdischer mit Sinn für Humor«, ertönte eine tiefe Männerstimme. »Normalerweise sind diese Typen eher ... trübsinnig und grau!«

Der Dickkopf*, ehemaliger Präsident der Vereinigten Staaten, hatte das Zimmer betreten und seine imposante Figur schien sofort von jedem freien Winkel des Raumes Besitz zu ergreifen.

»Das ist also der berühmte Exel?« fragte der Ex-Präsident und streckte dem Außerirdischen seine Hand entgegen.

Exel erwiderte den Handschlag.

»Sie meinten sicher: den berühmten Tänzer des klassischen Balletts, Sir!« sagte Exel und beugte seine Knie in einem eleganten Plié. »In der Tat, das bin ich!« »Aber natürlich, Ich meinte den berühmten klassischen Balletttänzer«, führte der Dickkopf das absurde Gespräch lachend fort. »Von einem Außerirdischen scheinen Sie ja nichts Klassisches zu haben. Mein Name ist übrigens George, George Windors. Wenn es Ihnen nichts ausmacht, Exel, können wir uns duzen.«

»Gerne, George, es ist mir ein Vergnügen!«

Nun wandte sich der Dickkopf mit ernster Miene an die übrigen Gäste:

»Ich denke nicht, dass ich betonen muss, welch außergewöhnliche Momente wir zurzeit durchleben. Unser Planet, das heißt natürlich auch wir, die wir auf ihm leben, befinden uns im Mittelpunkt eines galaktischen Ereignisses!«

Es folgte eine kurze Pause, die seinen Worten die gebührende Bedeutung geben sollte. George konnte sein Naturell als Politiker einfach nicht verstecken! Er berichtete von der Pyramide, die sich seit einigen Jahren in der Höhle direkt unter dem Weißen Haus in Washington befand und sagte abschließend:

---

* *Der Präsident*

»Die Pyramide zeigt seit ein paar Tagen klare Anzeichen einer hohen Aktivität«. Exel erhob sich und ging auf den ehemaligen Präsidenten zu.

»Sie scheint mir das Zentrum von allem zu sein, über was wir momentan diskutieren. Könnte man nicht eine Reise zur Besichtigung dieser Pyramide organisieren …« und fügte mit einem Lächeln hinzu, »… so wie ganz normale Touristen? Oder ist dies unter deinem Nachfolger nicht möglich?«

»Mein lieber Außerirdischer«, antwortete George voller Bitterkeit. »Der neue Präsident ist leider keinen Heller wert. Und …«, er räusperte sich kurz, »… zu diesem Zeitpunkt noch viel weniger, aber das wird dir Willis bald erklären.« Dann kehrte er zum ursprünglichen Gesprächspunkt zurück.

»Natürlich können wir uns die Pyramide ansehen. Am besten so bald wie möglich! Was haltet ihr davon, wenn wir gleich morgen nach Washington fliegen?«

Die Anwesenden nickten zustimmend mit dem Kopf, nur John stand mit einem nicht gerade glücklichen Gesicht auf und näherte sich Exel.

»Die Idee mit der Pyramide gefällt mir gar nicht«, flüsterte er dem außerirdischen Freund ins Ohr. »Jedesmal, wenn ich mich ihr nähere, stößt mir irgendetwas zu, und zwar immer etwas sehr Unangenehmes!«

»Nur Mut, mein lieber Freund. Du wirst ja nicht alleine sein!« sagte Exel mit einem Lächeln und schlug John freundschaftlich auf die Schulter. »Betrachte es wie eine Rückkehr nachhause!«

16

»Nicht schlecht diese Flugzeuge!« sagte Exel zu Gina und Jeff, als die Räder des Privatflugzeuges die Rollbahn des Washingtoner Flughafen berührten. »Schnell und gemütlich!«

»Na ja, deine weiten Sprünge* sind zwar anstrengender, aber das Reisen im Zeittunnel** müsste doch viel schneller gehen«, erwiderte Jeff.

»Das schon, aber ich muss all meine Kräfte dafür aufbringen und bin danach für einige Stunden fix und fertig.«

»Du musst halt mehr trainieren!« scherzte Gina. »Während deines Urlaubs hast du sicher kein einziges Mal einen Tunnel aufgebaut!«

»Da hast du recht! Ich habe in den letzten Monaten ein bisschen geschwächelt. Aber es war mein erster Urlaub seit tausenden von Jahren und ich habe es genossen, endlich mal ein bisschen zu faulenzen. Du weißt doch sicher, dass nach Newtons Trägheitsgesetz ein Körper in Ruhe oder in gleichförmiger geradliniger Bewegung bleibt, solange die Summe der auf ihn wirkenden Kräfte null ist. Auf diese Weise verliert der Körper die geringste Energie! Genau so habe ich diese Monate verbracht ... um nach dem Urlaub umso mehr Energie investieren zu können!«

Die beiden sahen ihn verwundert an.

»Aha?! Ruhezustand zum Energiesparen! Interessant! Gina, was hältst du davon? Du nervst mich jedes Mal, wenn ich mal keine drei Stunden Fitnesstraining mache!«

Gina konterte sofort.

»Dann würde ich dir mal raten, auf dein Gewicht zu achten. Mit deinem

---

*   Exel, Teil 1, *Willensfreiheit*
** Exel, Teil 2, *Der Sterbende Schwan*

täglichen minimalen Energieverbrauch wirst du aufgrund der Schwerkraft bei zunehmendem Gewicht bald im Zentrum der Erde landen!«

Da konnte auch Exel sich ein Lachen nicht verkneifen, während Jeff die beiden beleidigt anschaute.

»Und ich setzte noch eins drauf!« fuhr der Außerirdische fort. »Der faule Mensch

findet oft einen einfachen, weniger anstrengenden Weg, um eine Sache zu bewältigen. Stell dir zwei Bauern vor, die vor einigen Jahrhunderten nebeneinander lebten. Der eine war ein emsiger Arbeiter, der den gesamten Tag sein Stück Land Meter für Meter mit einer Harke umgrub. Sein Nachbar dagegen, ein eher fauler Müßiggänger, lag lieber im Schatten seines Apfelbaumes, kaute auf einem Strohhalm und blinzelte in die Sonne. Der fleißige Mensch fiel abends todmüde ins Bett, um am nächsten Morgen mit neuer Kraft sein Feld zu bestellen. Der faule Nachbar dagegen, der natürlich überleben musste, jedoch jede Anstrengung hasste, lag unter seinem Baum und überlegte und … erfand den Pflug! Und da er zu faul war, ihn selbst zu ziehen, spannte er ein Pferd davor … und so weiter … und so weiter … bis hin zu den modernen, ebenfalls von vielen Pferdestärken angetriebenen Landwirtschaftsmaschinen!«

»Aber das kannst du doch nicht Faulheit nennen, Exel«, empörte sich Gina. »Das ist menschlicher Erfindungsgeist!«

»Ja, schon, aber weshalb entsteht die Idee? Weil ein kluger Kopf keine Lust mehr hat, sich anzustrengen! Denk einfach mal an die verschiedensten Erfindungen der letzten Jahrhunderte. Fast jede hat das tägliche Leben der Erdenbewohner grundlegend verändert und vor allem … erleichtert!«

Er hatte mal wieder recht und weder Gina noch Jeff konnten dem Außerirdischen widersprechen … wie so oft seit seiner Ankunft auf der Erde.

Das Flugzeug war in der von den Lotsen angezeigten Position zum Stehen gekommen und die Mitreisenden konnten endlich die Gurte lösen. George, Ralph und John verließen als erste das Flugzeug über die Ausstiegstreppe. Gina, Jeff und Exel folgten dem Trio.

»Aber keine Angst, ihr beide!« sagte Exel lächelnd. »Nach dieser Erholungsphase werde ich meine Trägheit überwinden und wieder intensiver trainieren. Wir wissen nicht, was in nächster Zeit auf uns zukommt und … ein Flugzeug mit Pilot steht ja nicht immer hinter der nächsten Ecke!«

Vor ihnen gingen George und Ralph, die John in die Mitte genommen hatten. Sie bewegten sich alle auf einen gepanzerten Kleinbus zu, neben dem zwei in Zivil gekleidete Sicherheitskräfte auf die Gäste warteten.

»Ich kann auch gleich mit dem Training anfangen und euch in weiten Sprüngen bis zum Weißen Haus begleiten«, neckte er die beiden Freunde.

»Bist du wahnsinnig!« entfuhr es Jeff. »Mir reicht wirklich schon dein wie immer aufsehenerregender Aufzug. Heute hättest du echt eine Ausnahme machen können!«

»Warum sollte ich? Das Mäntelchen wird mich bald wieder bei meinen Sprüngen und Tanzschritten unterstützen. Außerdem gefällt mir das Outfit und es tut niemandem weh!«

»*Mir* tut es weh, jedes Mal, wenn ich dich ansehe!« widersprach Jeff.

»Dann schau halt weg! Ganz einfach!« lachte Exel. »Als Mitglied des Clubs *Chaos garniert mit etwas Freiheit*˚ hast du doch dank deiner *Willensfreiheit*˚˚ die Möglichkeit der freien Entscheidung, oder nicht?«

---

*   Exel Teil II, *Der Sterbende Schwan,* Kapitel 22
** Exel Teil I: *Willensfreiheit*

17

Die Besucher betrachteten voller Bewunderung die mysteriöse Konstruktion, die sich direkt vor ihnen zum Gewölbe der unterirdischen Höhle erhob. Der Ex-Präsident, Anführer der Gruppe, breitete zur Huldigung des großen Gebildes seine Arme aus:

»Schaut euch dieses außergewöhnliche Kunstwerk an!«

Und in diesem Fall konnte man wirklich von Kunst sprechen, im wahrsten Sinne des Wortes!

Die Pyramide schimmerte in tausenden von Farbnuancen, kleine blitzende Lichtstrahlen durchzuckten ununterbrochen die Oberfläche des Monumentes und erzeugten dabei die unterschiedlichsten musikalischen Töne, manchmal tiefe, dann wieder hohe, manchmal langgezogene, dann wieder durch ein Staccato unterbrochene. Die Pyramide schien eine kosmische Musik zu spielen, deren wohliger Schauer bei den Zuhörern eine Gänsehaut verursachte.

In Erinnerung an sein letztes Zusammentreffen mit der Pyramide hielt sich John im Hintergrund. Eine Wiederholung des Erlebten wollte er auf alle Fälle vermeiden. Exel hingegen war begeistert und betrachtete das aufblitzende, klangerzeugende Etwas mit leuchtenden Augen, wie ein Kind, welches zum ersten Mal eine Playstation sieht.

»Bemerkenswert!« sagte er voller Bewunderung und näherte sich mit ausgestreckten Armen dem Gebilde.

John sprang sofort auf ihn zu und hielt ihn an einem Arm fest.

»Exel, bitte fass sie nicht an! Sie ist wirklich sehr gefährlich!«

»Mach dir keine Sorgen, John! Sie ist nicht gefährlich! Und auch wenn sie es wäre, so bleibt dies der einzige Weg für eine eventuelle Kommunikation!«

»Ja, ich weiß!« musste der junge Mann kleinlaut zugeben und ließ den Arm des außerirdischen Freundes wieder sinken.

Exel näherte sich immer mehr der funkelnden Oberfläche der Pyramide. Alle hielten den Atem an. Allen war bewusst, dass etwas geschehen würde … aber niemand wusste was.

Als Exel nur noch wenige Zentimeter von der Pyramide entfernt war, wurde er von einem gleißenden Lichtstrahl erfasst, der ihn einen Moment lang unsichtbar machte. Alle schraken mit einem Aufschrei bestürzt zurück, geblendet vom grellen Licht. Nach einem kurzen Augenblick, der den Anwesenden wie eine Ewigkeit vorkam, verschwand der Lichtstrahl … und mit ihm der liebe Exel! »Okey, okey … bitte bleibt ruhig!« versuchte Jeff die Umstehenden und sich selbst zu überzeugen. »Unser verrückter Freund macht eben gerne Witze!« fuhr er mit sanfter Stimme fort und ging mit beruhigenden Handbewegungen auf die Gruppe zu. »Ihr kennt ihn doch! Gleich taucht er wieder auf und sagt …!«

»… phantastisch, einfach phantastisch!« ertönte Exels Baritonstimme.

Jeff drehte sich völlig überrascht in die Richtung um, aus der die Stimme ertönte, und die anderen taten es auch. Gerade rechtzeitig, um Exel mit einem strahlenden Lächeln auf den Lippen aus der Pyramide hervortreten zu sehen.

»Oh, verdammt!« entfuhr es Jeff, während er auf den Außerirdischen zu stürzte. Bald war der riesige Mann von der gesamten Gruppe umzingelt und ein jeder bedrängte ihn mit einer anderen Frage. Exel überragte zwar alle Beteiligten um fast zwei Köpfe, aber Dickkopf George musste wie immer seiner Rolle als Anführer gerecht werden und stellte sich mit seinem ebenfalls imposanten Körper wie ein Schutzschild vor den Außerirdischen.

»Ruhe! Bleibt bitte ruhig!« besänftigte er die aufgebrachten Freunde und wehrte den Ansturm sanft mit den Händen ab. »Exel wird uns sicher alles erzählen!«

Dann drehte er sich zu ihm um.

»Nicht wahr, Exel? Du schilderst uns doch gleich dein außergewöhnliches Erlebnis!«

»Natürlich, meine Lieben! Es war einmalig: Palmen, Meer, Sonne und … eine wunderschöne Frau!« berichtete Exel und deutete mit einer weiten Armbewegung auf die Pyramide. Im hellen Schein der glitzernden Oberfläche zeichneten sich die Umrisse einer Figur ab, die zu sprechen begann: »Ich bin wirklich enttäuscht! Vorbildlich habt ihr euch beim besten Willen nicht verhalten«, beschuldigte die Dame mit vorgetäuschter Gutmütigkeit die Anwesenden, während sie mit weichen, schwingenden Bewegungen ihren kurvenreichen Körper von der Pyramide in die Mitte der Höhle bewegte. »Ihr habt einfach vergessen, mich zu diesem netten Beisammensein einzuladen!«

Exel stellte die junge blonde Frau mit der übertriebenen Verbeugung einstiger feiner Herren vor.

»Meine Damen und Herren! Darf ich vorstellen: der Teufel!«

Der erste, der sich vom Schock erholte, war … Überraschung, Überraschung … unser Politiker, George der Dickkopf.

»Erfreut, Sie kennenzulernen, verehrte Dame!« sagte er mit eher herablassenden Ton. »Ich habe schon viel von Ihnen gehört … und zwar nur Schlimmes!«

»Sie schmeicheln mir, Herr Ex-Präsident! Ich muss zugeben: was ich für euch Menschen tue, wird zwar von einem Großteil, jedoch nicht von allen, geschätzt. Aber daran wird sich, dank der Hilfe meines Freundes Exel, bald einiges ändern!«

»Du bist der Freund eines solch verdorbenen Wesens?« rief die bestürzte Gina mit lauter Stimme.

»Na ja, als Freunde würde ich uns nicht bezeichnen«, erwiderte Exel mit einem Schulterzucken. »Ich würde eher sagen, dass wir uns in letzter Zeit ein wenig näher gekommen sind.«

»So ist es!« bestätigte der Teufel und ergriff erneut das Wort. »Seht ihr, während unseres … sagen wir Nichtangriffspaktes* … ist Exel und mir eine Sache aufgefallen. Lasst mich folgendes Beispiel wählen, um es etwas anschaulicher zu machen! Stellt euch den ganz normalen Tag eines

---

* Exel Teil II, *Der Sterbende Schwan,* Kapitel 33

Menschen vor. Seine Gedanken, Worte und Taten sind, um großzügig zu sein, während des gesamten Zeitraums zu neunzig Prozent schlecht!«

Der Teufel sah in die völlig entrüsteten Gesichter seiner Zuhörer. Doch bevor jemand sich zu Worte meldete, fuhr er fort:

»Ja sicher! Ab und zu vollbringt ihr auch eine gute Tat oder besser gesagt: es gefällt euch zu denken, es sei eine gute Tat!«

Erneut ließ er seine Worte wirken.

»Aber wenn ich euch ein bisschen Macht anbiete, ein paar Millionen oder vielleicht Sex rund um die Uhr, seid ihr sofort bereit, einen Pakt mit dem Teufel zu unterschreiben, wenn notwendig mit eurem eigenen Blut!«

Die laute, harte Stimme des Teufels wechselte ins ironisch Liebliche.

»Aber was bedeutet schon ein kleiner Tropfen Blut? Ein Tröpfchen Blut, um die ersehntesten Wünsche realisiert zu sehen?« säuselte er verführerisch, um in steigendem Crescendo fortzufahren. »Die Wahrheit ist, dass *ich* euer Gott bin, auch wenn ihr ununterbrochen mit lauter Stimme tönt, dass ihr mich verabscheut!«

Dann begann er vor der Zuhörergruppe auf und ab zu gehen und unterstrich seine Worte mit spöttischen Gesten.

»Natürlich, wenn ihr es euch abends in eurem Bettchen gemütlich macht, dann seid ihr zufrieden mit all den guten Taten, die ihr während des Tages vollbracht habt. Und wenn dann doch so eine .. oh Gott, wie schrecklich! … klitzekleine Boshaftigkeit auftauchen würde? Dann kommt sofort die Selbstverteidigung zu Hilfe: ich konnte nicht anders handeln, ich habe nur in bester Absicht gehandelt … und so weiter!«

Die blonde Dame blieb einen Moment stehen und schlug sich lachend mit beiden Händen auf die Schenkel.

»Der beste Spruch von allen ist: hoffentlich hat er eine Lehre daraus gezogen! Welch tolle Selbstrechtfertigung! Die war nach der Erfindung des Vertrags mit dem Teufel … meine zweitbeste Idee!«

Dann drehte sie sich zu den weiterhin aufmerksamen Zuhörern und beendete den Monolog mit den Worten:

»Und jetzt genug mit dem Gerede! Ihr könnt mich weiter bewundern … wenn auch nur im Stillen. Ich brauch keine weißen Gewänder und Kirchen mit weißem Marmor!« sagte die blonde Schönheit und zwinkerte den Zuhörern zu. »Mir reichen Banker, Politiker und internationale Großunternehmer!«

»Na ja, da kann ich ihm nicht ganz unrecht geben«. Exel hatte sich neben den Teufel gestellt und umfasste mit einem Arm die weibliche Taille. »Bis auf Prahlereien wie »*Ich* bin euer Gott« hat er völlig recht: die Bösen werden auf diesem Erdball immer zahlreicher. Was meint ihr, neunzig Prozent? Ja, ich würde sagen, neunzig Prozent ist gut geschätzt! Und daher muss ich mir die Geschichte mit der Willensfreiheit noch einmal genau überlegen!«

Exel löste sich aus der Umarmung, stemmte seine geballten Fäuste rechts und links in die Hüfte und neigte sich mit finsterer Miene den Anwesenden entgegen.

»Zu guter Letzt begeht jeder von euch, ich betone *jeder,* immer irgendeine Bosheit, und daher behaupte ich, dass aus den neunzig Prozent eher hundert Prozent werden.«

Der Außerirdische atmete einige Male tief durch, bevor er weitersprach.

»Dies hat mich dazu gebracht, meine Rolle auf diesem Planeten noch einmal zu überdenken. Da es mir überhaupt nicht gefällt, von irgendjemanden durch den Kakao gezogen zu werden, habe ich beschlossen, den Versuch, euch auf den rechten Weg zu bringen, aufzugeben und mein Amt niederzulegen.«

Bei diesen Worten näherte er sich dem Satanen, hob einen Arm in die Luft und rief:

»Hiermit erkläre ich den jahrtausende langen Kampf zwischen Gut und Böse als beendet, mit dem Sieg des Bösen, hier vertreten durch … na ja, den Namen könnt ihr euch unter den tausenden aussuchen, die ihr ihm bereits gegeben habt!«

Gina stürzte Exel hinterher, der sich von der Pyramide abgewandt hatte und auf den Ausgang zuging.

»Exel!« schrie sie außer sich. »Was hast du vor?«

»Was ich vorhabe? Das kann ich dir ganz genau erklären, liebe Gina!« sagte Exel und warf ihr ein Lächeln zu. »Ich werde endlich einen richtigen Urlaub machen! Das habe ich vor!«

Aber einer in der Runde schien damit überhaupt nicht einverstanden zu sein.

»Keiner verschwindet hier!« ertönte die entschlossene Stimme von John, der bis jetzt abseits gestanden hatte »Und am wenigsten du, Exel!«

»Meinst du wirklich?« lautete Exels rhetorische Frage. Und so als hätte er nichts anderes erwartet, gab er nach. »Okey, dann müssen die Ferien eben noch ein bisschen warten!«

»Nein, nein, mein lieber Freund!« widersprach der Satane sofort mit böser Miene. »Du hast deinen Urlaub verdient, daher geh ruhig! Los, verschwinde!«

Dann hob die Gestalt der hübschen Blondine einen Arm in Richtung John und sagte mit drohender Stimme:

»Um diesen kleinen Störenfried kümmere ich mich! Ich werde ihn in eine harmlose Maus verwandeln!«

Im gleichen Moment streckten sich die Finger ihrer Hand gegen John aus. Aber nichts geschah, die Drohung ging nicht in Erfüllung. Der Satane sah völlig verdutzt auf seine Hand, dann richtete er sie erneut mit Vehemenz gegen den vor ihm stehenden Mann. Aber erneut ohne Ergebnis! Es geschah nicht das Geringste!

»Ha, ha, ha …«, schmunzelte Exel dem Dämon zu, »… die kurze Reise ins Innere der Pyramide hat dich deiner Fähigkeiten beraubt … und mich der meinen übrigens auch.«

Dann wandte er sich weiterhin lächelnd an die Umstehenden.

»Wisst ihr, als ich meine Hand auf Johns Kopf gelegt habe, hat sich zwischen uns eine telepathische Verbindung aufgebaut und ich habe beschlossen, den Satanen in die Pyramide zu locken, in der Hoffnung, dass genau das eintrete, was nun in der Tat eingetreten ist. Daher, liebe Teufelin, sind wir beide von nun an ganz normale Sterbliche.«

Der Satane, wie auch die anderen Anwesenden, sahen Exel fassungslos an. Der blonde Dämon fragte stockend, mit fast hauchender Stimme:

»Willst du damit sagen, dass auch wir nun eine Willensfreiheit besitzen?«

»So ist es, meine Liebe!« bestätigte der Außerirdische.

Und nun geschah etwas völlig Unerwartetes. Die junge Blondine begann zu hüpfen, zu tanzen und alle in einem scheinbar grenzenlosen Freudentaumel zu umarmen.

»Endlich!« stieß sie in einem Schrei hervor. »Ich muss keine Verträge mehr abschließen, unterzeichnet mit Blut, welch ekelige Angelegenheit! Weg von dem stinkenden Schwefel, den ich noch nie ertragen habe! Ich werde Gutes tun, ja genau, ich werde dem Papst einen Besuch abstatten!« Sie atmete kurz durch. »Und mein Sohn, ich brauch mir keine Sorgen mehr darüber machen, ob er ein Guter wird! Ha, ha, ha ... phantastisch!«

Plötzlich hielt sie inne, näherte sich Exel, der sie amüsiert betrachtete, und umarmte ihn fest und lange mit feucht glänzenden Augen.

»Danke, mein Freund!« murmelte der Satane ergriffen. Dann drehte er sich zu den anderen um und sagte mit neu aufflammender Boshaftigkeit.

»Das erste, was ich machen werde ...«, und sein Gesichtsausdruck wurde, falls überhaupt möglich, noch boshafter, »... ich werde der Presse und der Polizei die Namen aller Politiker, Bänker, und so weiter und sofort, nennen, die mir ihre Seele verkauft haben. Das wird ein Spaß, ihr werdet sehen!«

Dann hob sie die Hände und winkte allen zum Abschied zu.

»Entschuldigt, nun muss ich gehen! Endlich kann ich mit meinem kleinen Sohn spielen!« und verließ die Höhle schnellen Schrittes.

Exel sah ihr hinterher und sein Lachen unterbrach die beklemmende Stille, die sich nach dem Abgang des Satanen in der Höhle breit gemacht hatte.

»Ha, ha, ha ... hab ich es nicht immer gesagt! Er ist zwar ein armer, aber im Grunde genommen ein guter Teufel!«

Aber kaum hatte sich Exel wieder den Freunden zugewandt, stürmte John angriffslustig auf ihn zu.

»Sag mir sofort, wie du wissen konntest, dass die Pyramide eure übernatürlichen Kräfte annullieren würde!«

»Mein lieber John, du weißt gar nicht, wie viele Dinge in deinem Kopf herumschwirren. Siehst du, als ich meine Hand auf deinen Kopf gelegt habe, dachtet ihr alle, es handle sich wieder um mein gewohntes theatralisches Gehabe. Es war hingegen eine völlig ernste Sache, bei der ich sehr viele interessante Dinge sehen konnte.«

Es folgte die altbekannte Kunstpause und dann fuhr Exel mit einem eher boshaften Lächeln fort.

»Eines solltest du wissen, John! Du und die Pyramide ihr seid eine Einheit, so eng verbunden, dass ihr die gleiche Sache zu sein scheint!«

»Wie meinst du das?« fragte John völlig verblüfft.

»Genau so wie ich es gesagt habe! So eng verbunden, dass ihr als Einheit ein und die gleiche Sache zu sein scheint!«

Dann drehte er sich um und verließ die Höhle, während die Anwesenden ihm gedankenvoll hinterherblickten und über seine Worte nachsinnten. John verstand die Welt nicht mehr. Zuerst hatte Exel alles daran gesetzt, die Pyramide zu sehen, und jetzt, als er endlich vor ihr stand, schmiss er alles hin und verschwand, um Urlaub zu machen. Welch verrücktes Wesen!

18

Dexter bemerkte sofort, dass etwas anders war. Sicher, er hätte nicht sagen können, wie und warum er es spürte, sicher war nur, dass er es wahrnahm. Satanas war nicht mehr Teil seines Lebens, er war weg, einfach weg! Er jauchzte innerlich vor Freude. Frei, endlich wieder frei! Gepackt von der freudigen Erleichterung setzte er sich an den Computer und begann hektisch in seinem elektronischen Postfach zu suchen. Wo war diese verdammte E-Mail mit dem Vertrag, den er mit dem Teufel abgeschlossen hatte? Ein paar Klicks mit der Maus und das Schreiben öffnete sich auf dem Monitor. Er bewegte den Mauszeiger auf die Taste *Löschen* und wollte gerade mit einem böswilligen Lächeln auf den Lippen den Vorgang starten.

Aber von einer Sekunde zur anderen verschwanden sein Lächeln und jegliche Empfindung der Freude, gemeinsam, von seinem Gesicht und aus seiner Seele.

»Ich bin am Ende!« schoss es ihm durch den Kopf und Panik breitete sich aus. Ihm wurde schlagartig bewusst, dass der Schutz, der ihm seit der Unterschrift des Vertrages garantiert war, sich ohne den Teufel in Luft auflöste. Er stand auf und seine Beine zitterten vor Angst. Verzweifelt sah er um sich, auf der Suche nach Hilfe, einer Hilfe, die ihm jedoch niemand geben konnte.

Wenn bekannt wurde, was er alles unternommen hatte, um die Wünsche des Herrn der Finsternis zu erfüllen, würde er den Rest seines Lebens in der Zelle eines Hochsicherheitstraktes irgendeines Gefängnisses verbringen, bei Wasser und Brot ... und vielleicht einem kleinen Keks zu Weihnachten oder Ostern! Das war so sicher wie das Amen in der Kirche!

Er brauchte einen Plan! Er musste eine Vorgehensweise ausarbeiten!

Und schon der Gedanke an einen Plan ließ etwas Ruhe in sein aufge-
wühltes Inneres zurückkehren. Er war schließlich ein Militär! Und für
einen Militär war die Ausarbeitung eines Planes das Ein und Alles! Die
natürlichste Sache der Welt, wie für einen Banker das Ausbeuten seiner
Kunden!

Er ging zum Schreibtisch, nahm ein Stück Papier und begann die verschiedenen Möglichkeiten, seinen Allerwertesten zu retten, schriftlich
festzuhalten. Als erstes schrieb er das Wort Flucht.

Flucht? Nein, die Leute vom Geheimdienst hätten ihn in kürzester Zeit
aufgespürt. Sie waren äußerst effizient, wenn sie es sein wollten! Er strich
das Wort Flucht mit entschiedener Geste wieder durch.

Vorgetäuschter Selbstmord? Er überlegte einen Moment und kaute dabei nervös am Ende seines Kugelschreibers. Nein, das würde ihm keiner
abnehmen. Das konnte nicht funktionieren. Jeder wusste, dass er nicht
der Typ für eine solch melodramatische Tat war! Wieder sauste der Kuli
über das Papier. Durchgestrichen!

Er lehnte sich mit einem Seufzer in den Sessel zurück und versuchte
seine Trostlosigkeit zu verdrängen. Dann schoss ihm ein weiterer Gedanke durch den Kopf! Wenn er es sich genau überlegte, der einzige,
der eine Machtposition inne hatte, oder besser gesagt, gehabt hatte, um
eventuelle Beweise seiner Schuld gegen ihn zu verwenden … war dieser
Schwachkopf von Präsident. Zwar wurde der Glauben erweckt, er sei tot,
aber der Satane hatte ihm eindeutig zu verstehen gegeben, dass er noch
lebte und zwar in irgendeinem Bunker dieses Stützpunktes.

Er zückte erneut den Kugelschreiber und unterstrich die bereits durch-
gestrichenen Worte *vorgetäuschter Selbstmord* auf dem Zettel vor sich.
Ja, das war der perfekte Plan! Er würde den Präsidenten *selbst morden*.
Er lachte auf, welch schönes Wortspiel! Das würde sicher nicht einfach
werden, aber er konnte sich auf seine kleine Truppe von Vertrauensmän-
nern verlassen. Auch für sie rentierte sich die ganze Angelegenheit. Der
nächste Gedankengang erfüllte ihn mit besonderer Freude: so konnte er
Willis der Entführung des Präsidenten beschuldigen und sich seiner für
alle Ewigkeit entledigen. Aber nicht nur das! Und das Lächeln auf seinem

Gesicht wurde noch breiter. Er würde zum Retter des Vaterlandes erklärt werden, auch wenn er … leider … nicht rechtzeitig eingreifen konnte, um diesen *großartigen Mann* vor dem selbstgewählten Freitod zu retten.

Sollte es ihm gelingen, diesen Plan erwartungsgemäß umzusetzen, würde ihn niemand daran hindern, bei den nächsten Wahlen für das Weiße Haus zu kandidieren! Was auch immer mit dem Teufel geschehen sein mochte, er brauchte ihn nicht mehr!

Dann zog er entschlossen sein Handy aus der Jackentasche, natürlich das abhörsichere, und begann eine Auswahl der vertrauenswürdigsten Männer anzurufen.

19

Dexter ging im Gleichschritt an der Spitze einer Handvoll seiner treusten Männer auf den Geheimtrakt der Area 51 zu, in dem nach den letzten Erkenntnissen der gekidnappte Präsident festgehalten wurde.

Die Gruppe blieb vor dem verschlossenen Eingang stehen. Dexter positionierte sich das erste Mal seit langer Zeit wieder vor dem Augenscanner neben der schweren Eingangstür. Er drückte auf eine Taste und führte sein rechtes Auge direkt vor den Scanner. Man hörte ein kurzes Ticken, dann erschienen auf dem kleinen Bildschirm die Worte: *Nicht identifizierte Person, Zugang verweigert!*

Eine Welle des Zorns überflutete den Militär und tauchte sein Gesicht in ein leuchtendes Rot. Wie war es möglich, dass seine Pupille nicht in der Liste derjenigen enthalten war, die Zutritt zum Geheimtrakt haben? Er war der zweite Mann am Kommando des Stützpunktes! Willis! Das war sicher sein Werk! Er überlegte kurz und zog den einzigen für ihn plausiblen Schluss: er würde mit offenen Karten spielen!

Unter den Blicken seiner Männer zog der Vize nervös sein Handy aus der Tasche und wählte die Nummer des Generals. Dann entfernte er sich ein paar Schritte, damit seine Leute das Telefonat nicht mitverfolgen konnten.

»Ja Dexter, wie kann ich Ihnen behilflich sein!« nahm der General das Gespräch entgegen.

»Willis, ich befinde mich vor der Eingangstür des Bunkers, in dem Sie den Präsidenten der Vereinigten Staaten nach einem inszenierten Attentat gefangen halten! Ihnen ist sicher bewusst, dass ich Sie des Staatsstreiches beschuldigen könnte!«»

Kurze Pause.

»Bleiben Sie, wo Sie sind, Dexter! Ich komme gleich und dann klären wir die Sache!«

»Okey, Sir! Wir warten!«

Dann beendete er das Gespräch.

»Er kommt sofort«, sagte Dexter voller Genugtuung.

Zwei Minuten später brauste der Jeep des Generals um die Kurve und hielt direkt vor dem Eingang. Willis stieg aus und die Marins standen sofort für den Militärgruß stramm.

Der General grüßte die Gruppe und befahl: »Rührt euch!«

Dann ging er auf Dexter zu.

»Dexter, gehen wir ein paar Schritte!«

Die beiden entfernten sich langsamen Schrittes von der Gruppe der Marins. Willis hatte in den vergangen Tagen mit Brendon besprochen, wie er sich verhalten sollte, falls einer seiner Führungsleute den Geheimtrakt aus irgendeinem Grund betreten wollte. Verbieten konnte er den Zutritt nur dem einfachen Marin, jedoch nicht seinen direkten Untergebenen. So hatten sich Brendon und er darauf geeinigt, im Fall des Falles, nur die Führungskraft und niemand anderen einzuweihen.

Er blieb schließlich stehen und sah seinem Untergebenen fest in die Augen.

»Okey, Dexter, ich werde Sie jetzt über alles informieren, jedoch darf keiner Ihrer Männern, ich betone keiner, auch nur ein einziges Wort darüber erfahren. Was ich Ihnen jetzt anvertraue, ist streng geheim. Es handelt sich um ein Staatsgeheimnis, in das bis jetzt … Sie inbegriffen … nur ein Duzend Menschen eingeweiht sind. Und so wird es bleiben! Falls Sie irgendetwas nach außen dringen lassen, habe ich von unserem neuen Präsidenten Brendon den Auftrag, Sie wegen Landesverrats ins Gefängnis werfen zu lassen. Haben Sie mich verstanden, Dexter?«

»Verstanden Sir!« war die kurze militärische Antwort des Vize.

Dann berichtete der General vom Projekt P, der Vorbereitung des vorgetäuschten Bombenanschlages und der Unterbringung der fünf Insassen der Limousine in den Zimmern des Geheimtraktes.

20

Der Präsident war also wirklich im Geheimtrakt der Area 51! Unglaublich! Zwar hatte Dexter wie immer dem Satanen Glauben geschenkt, aber Willis hatte ihm vor ein paar Stunden die Gewissheit geliefert: der Präsident befand sich im unterirdischen Bunker der Area! Er schüttelte erneut den Kopf. Unfassbar!

Auch wenn er seine Leute im Ungewissen lassen musste, um nicht des Landesverrates bezichtigt zu werden, so konnte er diese Situation alleine lösen … ohne die Unterstützung seiner Marins und ohne die Rückendeckung des Satanen. Dexter war entschlossen, einen Selbstmord des Präsidenten zu inszenieren und je weniger Leute in den Plan eingeweiht waren, umso größer war die Erfolgschance. Über die Einzelheiten der Umsetzung musste er noch nachdenken, aber Willis würde ihn in ein paar Minuten in den Geheimtrakt zum Präsidenten führen und danach konnte er sich ein besseres Bild über die Gesamtsituation machen.

Als das Telefon klingelte, nahm er im Aufstehen den Hörer ab und bestätigte dem Anrufer, dass er sich sogleich auf den Weg mache. Er verließ sein Büro und ging durch den Korridor Richtung Ausgang. Seine rechte Hand, der Marin Murray, war sofort an seiner Seite.

»Brauchen sie mich, Sir?« lautete seine Standardfrage, auf die er jedoch diesmal eine ungewohnte Antwort erhielt.

»Danke Murray, aber ich treffe mich nur kurz mit General Willis. Warten Sie hier auf mich!« sagte der Vize und ließ einen völlig konsternierten Marin hinter sich. Ein paar Minuten später parkte er seinen Jeep direkt neben dem Eingang zum Geheimtrakt, wo Willis ihn bereits erwartete.

»Hallo Dexter, kommen Sie!«

Der General entblockte die Eingangssperre über den Augenscanner und die beiden betraten das Innere des Hügels. Sofort waren zwei von Willis Leuten zur Stelle.

»General!« ertönte der militärische Gruß der beiden Marins, die den Begleiter ihres Vorgesetzten misstrauisch musterten.

»Matthew, führen Sie bitte Major Dexter zu den Zimmern unserer Gäste und lassen Sie ihn einen Blick durch die Spione werfen.«

Der Marin sah seinen Chef einen Moment lang völlig konsterniert an, schlug jedoch die Hacken zusammen und bestätigte den Befehl:

»Aye, aye, sir!«

Dann drehte er sich um und verließ den Raum in Begleitung von Dexter. Die beiden entfernten sich wortlos und betraten einen langen Korridor, in dem sich zu beiden Seiten mehrere Türen befanden, die ehemaligen Schlafräume der Grauen. Matthew stoppte vor der ersten Türe, öffnete leise die Klappe des Guckloches, schlug die Hacken zusammen und trat zurück.

»Das Zimmer des Sicherheitsbeamten Frank Miller!«

Dexter näherte ein Auge dem Guckloch und erblickte den ersten der Gefangenen. Er lag auf dem Bett und war in die Lektüre eines Buches vertieft. Dexter betrachtete ihn kurz und trat wieder zurück. Sie gingen einige Schritte weiter und die gleiche Szene wiederholte sich. Dexter bekam alle vier Bodyguards zu Gesicht. Ein jeder von ihnen versuchte, sich auf andere Art und Weise die Zeit zu vertreiben. Der erste las ein Buch, der zweite verfolgte gespannt einen James Bond Film, ein weiterer legte geduldig eine Patience und der letzte der Vierergruppe hatte ein riesiges Puzzle auf dem Tisch ausgebreitet.

Nun fehlte nur noch der Präsident. Sie bogen links in einen zweiten Korridor ab, eine Art Sackgasse, an deren Ende sich eine einzige Tür befand. Matthew öffnete die Klappe des Guckloches und schlug erneut die Hacken zusammen.

»Major Dexter, das Zimmer des Präsidenten!«

Dexter räusperte sich kurz, nahm Haltung an und näherte sich der Tür. Trotz der absurden Situation, war es dennoch ein ganz besonderer Moment. Gleich würde er dem ehemaligen Präsidenten der Vereinigten

Staaten gegenüberstehen, nur getrennt durch eine Tür. Er näherte sein Auge dem Guckloch und atmete tief durch. Der Präsident saß auf einem Stuhl direkt vor dem riesigen Bildschirm eines 3D Fernsehers, auf dem sich zwei nackte Frauen in heißen Liebesspielen amüsierten. Er schien mit seinem Kopf zwischen den üppigen Rundungen der beiden Damen zu versinken. Dicke Schweißtropfen liefen ihm die Stirn herunter und seine rechte Hand begleitete die aufreizenden Bewegungen der beiden Darstellerinnen, um dann langsam zum eigenen Körper zu wandern und dessen bereits erregte Zonen in einen noch höheren Erregungszustand zu versetzen.

Dexter wandte sich verschämt, fast angeekelt von der Tür ab, um nicht auch noch den Höhepunkt der Szene mitverfolgen zu müssen. Dann sah er Matthew ungläubig an.

»Macht er das den ganzen Tag?«

»Fast den ganzen Tag, Sir! Abgesehen von den Essens- und Schlafzeiten ist dies seine Hauptbeschäftigung!«

»Lassen Sie uns gehen!«

Dexter drehte sich ruckartig um und bewegte sich schnellen Schrittes auf den Ausgang zu, diesmal dem Marin voran. Nachdem er den ersten Schock der Szene überwunden hatte, begann sein Kopf zu arbeiten. Wenn der Präsident sich wirklich jeden Tag ununterbrochen bei der Betrachtung von Pornofilmen selbst befriedigte, war die Wahrscheinlichkeit sehr hoch, dass das Herz eines Mannes in seinem Alter früher oder später größere Schäden erleiden würde. Ein Herzinfarkt war in diesem Fall die natürliche Folge! Eine natürliche Folge, die ohne große Probleme unnatürlich hervorgerufen werden konnte. Die optimale Voraussetzung für einen vorgetäuschten Selbstmord: Tod hervorgerufen durch die eigenen Hände! Und bei diesem Gedanken konnte Dexter ein breites Grinsen nicht unterdrücken, welches Matthew, hinter ihm gehend, nicht sehen konnte!

21

Exel saß mit nachdenklichem Gesichtsausdruck auf dem großen Sofa im Wohnzimmer seines Raumschiffes, während das Hologramm Ophelias mit verärgerter Miene um ihn herum schwebte.

»Ich versteh dich wirklich nicht, Exel! Du gibst die Partie auf, einfach so, und lässt dem Teufel völlige Handlungsfreiheit?«

»Mach dir keine Sorgen, Ophelia, das ist für den Dämon nur ein Pyrrhussieg ... vorausgesetzt du weißt, was dies bedeutet?« antwortete Exel mit einem Lächeln.

»Natürlich weiß ich, was das bedeutet!« erwiderte Ophelia nach einigen Sekunden, in der Hoffnung, dass ihr Herr nichts von der schnellen Suche in der Datenbank bemerkt hatte.

»Der Ausdruck geht auf König Pyrrhus zurück. Dieser soll nach seinem Sieg über die Römer in der Schlacht bei Asculum im Jahr 279 vor Christus einem Vertrauten gesagt haben:

Noch so ein Sieg, und wir sind verloren! In dieser Schlacht musste er so erhebliche Verluste hinnehmen, dass seine Armee fünf Jahre geschwächt war und er schließlich den Pyrrhischen Krieg verlor. Daher nennt man einen allzu teuer erkauften Erfolg einen Pyrrhussieg, das heißt der Sieger geht aus dem Konflikt ähnlich geschwächt hervor wie der Besiegte.«

»Gut recherchiert!« kommentierte Exel und entlockte der ertappten Ophelia eine leichte Röte auf den Wangen.

»Also wenn ich dich richtig verstehe, ist dies alles Teil deines ... selbstverständlich genialen Planes!« ertönte die Stimme des Hologrammes nicht ohne Ironie.

»Selbstverständlich, meine liebe Ophelia!«

»Wie es auch selbstverständlich ist, dass nur ihr biologischen Wesen geniale Pläne haben könnt!«

»Ach Ophelia! Lass mich nicht alles wiederholen! Selbstverständlich!«

»Okey, ich halte schon den Mund!« sagte der Bordcomputer eingeschnappt.

»Nun komm schon, hör auf zu schmollen! Ich erzähl dir auch eine nette Geschichte, einverstanden?«

Ophelia jedoch hüllte sich mit einem riesigen Schmollmund weiterhin in Schweigen.

»Angesichts deiner großen Begeisterung fang ich einfach an!«

Er stand auf und begann das Wohnzimmer mit kleinen Schrittfolgen und Pirouetten des klassischen Ballets zu durchqueren, woraufhin der Schmollmund des Bordcomputers noch breiter wurde.

»Ich gehe davon aus, dass du die Theorie kennst, die die Erdenbewohner die Stringtheorie nennen, kurz und gut die Theorie der multiplen Universen.«

»Ich denke, dass ich sie besser kenne als du, mein lieber Biologischer!« lautete die höhnische Antwort des Computers.

»Gut, dann weißt du, dass die Stringtheorie den Kosmos des Allerkleinsten erforscht. Ihr zufolge setzt sich das Universum aus vibrierenden Saiten zusammen, den Strings, deren kosmischer Schwingungstanz das gesamte All mit seinen Kräften und Elementarteilchen erzeugt. Die Superstring-Theorie geht von zehn Dimensionen der Raumzeit aus, was bedeuten würde, dass es neben diesem Universum viele weitere gäbe, das Multiversum, dessen Parallelwelten sich in ihren physikalischen Gesetzen völlig voneinander unterscheiden.«

Ophelia hörte schweigend zu.

»Nun stell dir ein Universum vor, in dem Schwarz und Weiß nicht existieren, weder Kälte noch Hitze, noch das Gute und das Böse. Kurzum ein Ort, wo es keine Gegensätze gibt, sondern nur eine ewige zentrale Ausgeglichenheit.«

»Mit anderen Worten: tödliche Langweile«, ertönte Ophelias Kommentar.

»Ja, so könnte man es interpretieren! Jedoch eine tödliche Langweile mit ihren Vorteilen!«

»Und mit welchen?«

»Na ja, um ein paar einfache Beispiele zu nennen: man muss keinen Schirm mitnehmen, wenn man das Haus verlässt, man muss nicht bei jeder Jahreszeit die Garderobe wechseln. Es gibt keine Überraschungen, alles funktioniert wie am Schnürchen, die Züge kommen immer pünktlich, es gibt keine Wahlen … fast wie in der Schweiz!«

»Aus dieser Perspektive gesehen, klingt es gar nicht so schlecht! Aber die imaginären Bewohner eines solchen Universums, womit vergnügen sie sich, woran haben sie Spaß?«

»Das ist schwer zu beurteilen, liebe Ophelia, aber ich könnte mir vorstellen, dass sie eingehend über Philosophie diskutieren, Theorien über ihr Weltall aufstellen oder Ähnliches tun. Sich Gedanken machen, kostet ja nichts.«

»Das stimmt nicht ganz!« korrigierte ihn Ophelia schmunzelnd. »Mich kostet es eine Menge Strom und du musst vielleicht eines von Ginas Gerichten dafür verschlingen! Aber sprich weiter. Bin gespannt, wohin dein Gedankengang führen soll.«

»Ich gebe zu, dass eine solche Welt keine großen Aufregungen bieten kann, aber wenn jemand keine Alternativen kennt, wird es ihm schwerfallen, sich eine andere vorzustellen.

»Aber das tun wir doch gerade, Exel!«

»Ja Ophelia, und genau das Gleiche muss einer von ihnen getan haben. Er hat sich ein völlig anderes Weltall vorgestellt, wo es Gut und Böse gibt, wo auf die Nacht der Tag folgt oder umgekehrt, et cetera, et cetera. Stell dir vor, eine Welt, in der nicht einmal die physikalischen Gesetze unumstritten sind, sondern in der es zwei unterschiedliche Versionen gibt.«

»Du meinst bestimmt die klassische und die Quantenphysik, nicht wahr?« mischte sich Ophelia wieder ein, nachdem sie langsam Wohlgefallen an dem Gespräch empfand.

»Ganz genau, also kurz gesagt: ein riesiges Durcheinander!«

»Perfekte Beschreibung für unsere Welt!« fuhr Ophelia zufrieden lächelnd fort, setzte aber nach kurzer Überlegung ein zweifelndes Gesicht auf. »Glaubst du etwa, dass es ausreicht, sich ein Universum vorzustellen, um es zu erschaffen?«

Exel breitete die Arme aus und hob die Schultern.

»Laut der Stringtheorie soll es so sein. Jedesmal wenn wir an eine andersartige Sachlage oder Situation denken, erschaffen wir eine Parallelwelt, die mit unserem Gedanken in Einklang steht. Aber ich halte es für wahrscheinlicher, dass eine adäquate Wissenschaft diese Parallelwelt geschaffen hat, vielleicht eine Art Simulation aus dem Labor!«

»Willst du damit sagen, dass wir uns in einem simulierten Weltall befinden?« ertönte die sehr skeptische Stimme des Computers.

Exel zog mit kleinen eleganten Sprüngen eine weitere Diagonale durch das Wohnzimmer.

»Nicht nur ich, meine Liebe, sogar die Crème de la Crème der Wissenschaftler räumt diese Möglichkeit ein«, erwiderte Exel, als er wieder zum Stehen kam, und schmunzelte das Hologramm herausfordernd an. »Übrigens … auch du, meine Liebe, bist eine Art von Simulation.«

»Ich? Wie bitte? Ich eine Simulation?« rief Ophelia empört. »Dann bist aber eher *du* eine Simulation. Ja, *du*! Die schlecht gelungene Simulation eines klassischen Balletttänzers!«

Exel war zu weit gegangen und versuchte daher, schnell das Thema zu wechseln.

»Und weißt du, wen ich für den Urheber der Entstehung dieses Weltalls halte?«

»Nein!« antwortete Ophelia beleidigt. »Und es interessiert mich auch nicht!«

»Unseren lieben Freund John!«

»Jooohhhnnn?« Ophelia traute ihren Ohren nicht. »Aber vor nicht allzu langer Zeit hast du doch noch behauptet, dass er auf die Erde gekommen sei, um dieses Weltall zu zerstören?!«

»Ja, das stimmt, Ophelia, aber da hatte ich noch kein genaues Bild von der Situation. Aber … während meiner letzten Ballettstunde …« und der Außerirdische lächelte zufrieden über sich selbst, »… hat mein gescheiter

Kopf den Gedankengang zu Ende geführt und … voilà … die Geschichte ist bereit!« »Ja, bereit wie ein Teller Spaghetti! Wer weiß, was dein Köpfchen da wieder hervorgebracht hat?!« kommentierte Ophelia spöttisch.

»Lass mich mein Märchen weitererzählen!« fuhr Exel fort. »Also, eines schönen Tages wird in dem traurigen, langweiligen Universum ein Sonderling geboren, dem es Spaß macht, sich ein völlig absurdes Universum vorzustellen, in dem es alles und sogar dessen Gegenteil gibt. Kennst du Shakespeare?«

»Puh!« stöhnte der Bordcomputer. »Wir sind doch nicht beim Fernsehquiz! Hör auf mit diesen dummen Fragen und erklär mir, was Shakespeare mit der ganzen Geschichte zu tun hat.«

»Okey! Zu Shakespeares Zeiten spielte man nicht wie heute Szenen, die bis ins kleinste Detail beschrieben waren, bis zu den einzelnen Sätzen der Darsteller. Die Schauspieler folgten einer Vorlage, der Zusammenfassung einer Handlung. Das heißt sie mussten zwar den Handlungsablauf einhalten, besaßen jedoch die künstlerische Freiheit, die Szenen ihrer inneren Inspiration folgend zu interpretieren. Dies führte natürlich dazu, dass keine Aufführung mit der vorherigen identisch war. Je nach Inspiration und momentaner Verfassung der Darsteller konnte das gleiche Schauspiel ein völliges Fiasko oder ein denkwürdiger Erfolg werden.«

Exel drehte eine Pirouette und breitete dann lächelnd die Arme aus.

»Aber *unser* Shakespeare will nicht nur ein Schauspiel auf die Bühne bringen, sei es Komödie oder Drama, sondern er möchte auch selbst mitspielen und zwar als einer der Hauptdarsteller in seinem eigenen Stück.«

Exel lächelte Ophelia zu, sichtbar zufrieden mit seinem Gedankengang.

»Aber auch dies reicht ihm noch nicht! Denn wenn er bereits die ganze Geschichte kennt, wo bleibt dann die Unterhaltung?! Und was denkt sich das kleine Genie aus: er teletransportiert sich in das von ihm geschaffene neue Universum und löscht seine Erinnerung. Einfach genial! Unterhaltung pur! Nicht einmal er kennt das Ende des Stückes, obwohl er es selbst geschrieben hat! Ein Geniestreich!« musste Exel zugeben.

»Dann ist also die Pyramide in der Tat das Verbindungsstück zwischen unserem und seinem ursprünglichen Universum, wie wir es von Anfang an vermutet haben!«

»Das wäre zu einfach, meine Liebe. Erinnere dich, dass wir uns in einer Komödie von Shakespeare befinden, in der dauernde Überraschungen zur Tagesordnung gehören!«

»Ich denke, Überraschungen haben wir schon genug erlebt!« bemerkte der Bordcomputer trocken.

»Ja, aber diese hier ist die Mutter aller Überraschungen!«

»Wetten, dass es etwas mit der Tatsache zu tun hat, dass er unser Universum zerstören muss! Hab ich recht?«

»Gut mitgedacht, Ophelia!«

Exel machte eine kurze Pause mit einem so breiten Lächeln auf den Lippen, dass er die Grinse-Katze aus Alices Wunderland zu einem armen zahnlosen Wesen degradiert hätte.

»Stellen wir uns weiter vor, dass seinen Freunden, die ihn für einen armen Verrückten halten, bewusst wird, was er bewirken könnte, und sie Angst haben, dass seine Phantasie eventuell die Beschaulichkeit ihres friedlichen Zusammenlebens gefährden könnte! Und was machen sie an diesem Punkt?«

»Genau, da bin ich wirklich gespannt! Was machen sie?«

»Elementar, Watson! Sie richten natürlich alles so ein, dass er *nicht* zurückkehren kann!«

Ophelia sah ihren Herren überrascht an.

»Du meinst also, dass die Pyramide kein Durchgangstor zwischen den beiden Universen ist, sondern als Hindernis dient, damit John nicht zurückkehren kann?«

»Du hast es erfasst, Ophelia! Du verdienst mindestens zwanzig Minuten Applaus!«

»Hauptsache er beendet seine Komödie nicht vorzeitig und löscht reumütig unser Universum aus!« war Ophelias bestürzte Schlussfolgerung.

»Noch einmal zwanzig Minuten Applaus!« sagte Exel und lachte dem Bordcomputer entgegen. »Schließlich befinden wir uns in einem Theaterstück und Applaus gehört nun mal zur Vorstellung!«

»Soll das heißen, dass wir keine Chance haben? Die Aufführung endet früher oder später … und wir mit ihr?« fragte Ophelia voller Resignation.

»Nein, das ist nicht gesagt!« erwiderte Exel in ernstem Ton. »Es gibt eine Hoffnung!«

»Und welche? Sollen wir ihn umbringen?«

»Nein, das würde nichts bringen. Ganz im Gegenteil, wir müssen ihm Unterhaltung bieten. Er muss sich so sehr amusieren, dass er lieber in diesem Universum bleibt, als in sein langweiliges Zuhause zurückzukehren!«

»Und wie sollen wir das machen?«

»Keine Ahnung! Vielleicht müssen wir weltweite Krisen entstehen lassen, die mit Johns Hilfe gelöst werden können. Oder wir organisieren zusätzliche Veranstaltungen wie Weltmeisterschaften in Fußball, Tennis, Leichtathletik … et cetera!«

»Wir können ja Michael Jackson und Elvis Presley zurückkehren lassen!« unterbrach Ophelia ihren Herrn … scherzend … falls dies für einen Computer überhaupt möglich war!

»Super Idee, Ophelia!« lautete hingegen die ehrliche Antwort Exels. »Wir werden die bekanntesten Regisseure aus Hollywood damit beauftragen, aus dieser Welt das größte Spektakel der Welt zu machen."

»Entschuldige Exel, aber du willst Millionen von Menschen ein Drehbuch spielen lassen, das in Hollywood geschrieben wurde?«

»Warum nicht, meine Liebe! Wenn wir sowieso in einer Simulation leben! Dann sind die meisten der Menschen nur Komparsen, die von einem Programm generiert wurden, wie in einem Videogame, wo sie zwar in einer Szene agieren können, jedoch in Wirklichkeit gar nicht existieren!«

»Und wer sagt dann, dass auch wir keine Simulation sind?«

»In der Tat, das wäre möglich!« überlegte Exel kurz. »Oder besser gesagt, es ist sicher so! Der einzig reale Geist oder Verstand, der existiert, lebt in John!«

22

Exel und der Ex-Präsident George Windors hatten sich in ein Forschungs-
zentrum der NASA in Nordkalifornien begeben. Vor ihnen stand der
berühmte Physiker Kasper und kommentierte die Bilder, die auf einem
riesigen Monitor erschienen, Bilder des ersten Quantencomputers, den
es auf der Erde gab.

»Professor Kasper, Sie sind einer der bekanntesten Wissenschaftler
dieses Planeten und einer der wenigen, der die Theorie vertritt, dass die
Menschheit eventuell in einer Simulation lebt.«

Der Dickkopf wählte seine Worte mit großem Bedacht. Er wollte seine
Fragen sehr klar und unmissverständlich formulieren, weil das Thema,
über das sie sprachen, wirklich nicht zu seinen Stärken gehörte.

»Mein Freund und ich möchten Sie fragen«, dabei deutete er auf den
Außerirdischen, »ob Sie ebenfalls Beweise für Ihre Theorie haben.«

»Sehen Sie, Sir, statt von Beweisen würde ich eher von Indizien sprechen!« sagte der Physiker und lächelte fast ein wenig verlegen. »In der
Quantenphysik, denn über diese sprechen wir im Moment, gibt es keine
Beweise, um die zahlreich formulierten Theorien zu bestätigen. Es gibt
immer nur Indizien zugunsten der einen oder der anderen Variante.«

»Und wie lauten die Indizien für Ihre Theorie, Herr Professor?« meldete
sich das erste Mal Exel zu Wort.

»Herr …« Kasper räusperte sich kurz, »… Exel, ich gehe davon aus, dass
Sie noch nie eine Simulation programmiert haben. Aber falls Sie es getan hätten, hätten Sie sicherlich größte Sorgfalt darauf gelegt, einen allzu
hohen Verbrauch der Ihnen zur Verfügung stehenden Speicherkapazität
zu vermeiden!«

Der Physiker ging einige Schritte auf und ab, um die richtigen Worte zu finden. »Dies ist nur dann möglich, wenn man den unzähligen Variablen, die das Softwareprogramm findet, eine Grenze setzt. Kurz gesagt, Herr Exel, Sie hätten sich in der Situation befunden, so sparsam wie möglich mit allen Ressourcen umzugehen, die die Hardware Ihnen zur Verfügung stellt.«

»Das bedeutet also Ihrer Meinung nach, dass unser Universum, falls wir wirklich in einer Simulation leben würden, geizig wie ein Schotte sein müsste!«

Kasper konnte sich ein Lächeln nicht verkneifen.

»Welch lebhafte Umschreibung, Herr Exel, aber völlig korrekt!« sagte der Wissenschaftler.

»Das heißt unser Universum ist wirklich geizig?« fragte Dickkopf ungläubig.

»Natürlich ist es das!« bestätigte Kasper und fuhr fort: »Aber nicht wie *ein* Schotte … sondern wie zwei! Wenn wir uns die bekanntesten universellen Gesetze der Physik anschauen, so sehen wir, dass sie nur dazu dienen, Ordnung in unsere Welt zu bringen, und dass sie mögliche variable Situationen begrenzen, um Energie zu sparen!«

Der Professor machte eine Pause. Als er jedoch bemerkte, dass seine Gesprächspartner ihm aufmerksam folgen konnten, fuhr er fort:

»Aber mit der Quantenphysik haben sich diese Indizien maßlos vervielfältigt. Wissen Sie, in der klassischen Physik ist alles präzise und vorhersehbar. Jede Sache verhält sich gemäß der genannten Gesetze, wie es *zulässig* ist, während in der Quantenphysik die Partikel oft sehr seltsame Dinge tun und diesen Gesetzen oft sogar widersprechen.«

»Wie zum Beispiel?« fragte George Windors immer neugieriger.

»Na ja, sie bewegen sich zum Beispiel in besonderen Situationen schneller als die Lichtgeschwindigkeit, manchmal sogar augenblicklich!«

Der Ex-Präsident schüttelte den Kopf.

»All das scheint mir unmöglich!«

»Nach der klassischen Physik!« folgerte Exel. »Aber in der Quantenphysik wird es möglich sein!«

»Richtige Schlussfolgerung, Exel«, fuhr der Professor mit seiner Erklärung fort, »aber das absolut wichtigste Indiz ist, dass es im Atom nur sieben Bahnen gibt, auf denen die Elektronen kreisen können. Um von einer Bahn zur nächsten zu gelangen, muss das Elektron einen Sprung vollziehen, zum Beispiel von der siebten zur sechsten Bahn, und zwar ohne über irgendeine Zwischenstufe zu laufen.«

Kasper gönnte sich eine weitere Pause, um seinen Zuhörern die Möglichkeit zu geben, den Sinn der Worte zu begreifen, die nun folgten.

»Zwischen einer Umlaufbahn und der anderen gibt es nichts, nicht einmal einen luftleeren Raum, einfach gar nichts! Nichts, niente, nothing!« Er sah seinen Gästen fest in die Augen und sprach weiter. »Und das Gleiche gilt für die Zeit, zwischen einem kleinsten Zeitbruchteil und dem darauffolgenden: es gibt nichts! Wie schon gesagt! Idem!«

»Einen Moment, Professor …«, unterbrach ihn George Windors erstaunt, »… wollen Sie damit sagen, dass wir … zwischen einem Bruchteil und dem anderen … nicht existieren?«

»Genauso ist es, Herr Ex-Präsident! Ich möchte Ihnen helfen, das Konzept besser zu verstehen! Haben Sie schon einmal von Zenon gehört?«

»Zenon? Aber natürlich …«, beteiligte sich Exel erneut am Gespräch, »ein richtiger Spaßvogel, auch wenn er mich mit seinen Paradoxa ab und zu zum Wahnsinn getrieben hat!«

Kasper warf Exel einen eisigen Blick zu.

»Ich sehe, Sie sind immer zum Scherzen aufgelegt, Herr Exel! Was ja angesichts der Wahl Ihrer Kleidung nicht verwunderlich ist!«

Dickkopf hingegen war sich sicher, dass Exel nicht gescherzt hatte!!!

»Auf alle Fälle haben Sie genau den Punkt getroffen. Zenon war für seine Paradoxa bekannt. Angesichts des Argumentes, das wir gerade behandeln, sollten wir uns das Paradoxon von Achilles und der Schildkröte näher ansehen«, sagte der Wissenschaftler. »Dieses Paradoxon behauptet, dass es Achilles, bekannt für seine Schnelligkeit, falls er von einer Schildkröte zu einem Wettrennen aufgefordert worden wäre und ihr einen großen Vorsprung gewährt hätte, die Schildkröte niemals erreicht hätte. Denn Achilles muss zunächst den Vorsprung einholen und während der Zeit, die er dafür benötigt, hat die Schildkröte bereits einen neuen kleineren Vorsprung erlaufen, den Achilles wiederum einholen muss.«

Kasper schaute seine Zuhörer an und wartete auf ein Zeichen, dass sie ihm folgen konnten. Exel gab es ihm:

»Und ist Achilles dies gelungen, hat die Schildkröte schon wieder einen – wenn auch kleineren – Vorsprung erlaufen, und so weiter. Der Vorsprung, den die Schildkröte hat, wird zwar immer kleiner, bleibt aber immer ein Vorsprung, so dass sich der schnellere Läufer der Schildkröte zwar immer mehr nähert, sie aber niemals einholen kann. Auch wenn der Vorsprung unendlich klein wird, erreicht er niemals Null. Wollten Sie uns dies sagen, Herr Professor?«

Kasper hob fast entschuldigend die Schultern.

»Ja, Herr Exel, genauso ist es. Wie das Elektron von einer Umlaufbahn zur anderen, zwischen denen sich das Nichts befindet, springen muss, kann Achilles ohne diesen Quantensprung niemals die Schildkröte überholen. Es gäbe bei einer kontinuierlich fortlaufenden Bewegung einen immer kleiner werdenden Abstand, der die beiden voneinander trennt! Und daher muss das Universum wie eine Art riesiges Blinklicht funktionieren: es geht an und wieder aus, es leuchtet erneut auf und erlischt, und so weiter!«

»Und in jeder Dunkelphase wird eine Unmenge an Energie gespart!« kommentierte Exel eher ironisch.

»Ganz genau!« bestätigte der Wissenschaftler, ohne auf Exels Provokation einzugehen. »Dies ist ein bewundernswertes Beispiel der Ersparnis und ich könnte unendlich viele andere Beispiele aufzählen. Aber dann würde unser Treffen in einen Physikkurs ausarten und das möchten wir doch nicht!«

»Nein, das muss nicht sein!« meldete sich Dickkopf zu Wort. »Da haben Sie völlig recht. Vielen Dank für Ihre aufschlussreichen Erklärungen!«

Dann streckte er dem Wissenschaftler zum Abschied die Hand entgegen und Exel folgte seinem Beispiel.

»Auf Wiedersehen!« grüßte Kasper die beiden.

»Auf Wiedersehen, Herr Professor!«

»Unsere Welt eine Simulation!« murmelte George Windors, während sie das Zentrum der NASA verließen. »Unglaublich … aber wenn es wirklich so wäre?Ich muss sofort mit Brendon darüber sprechen. Vielleicht spielen John und die Pyramide dabei irgendeine Rolle!«

Exel sah den Fahrer von der Seite lächelnd an. Gar nicht so dumm unser Dickkopf!

23

Exel kaute genüsslich auf seinem letzten Bissen, schluckte ihn herunter und berichtete dann über seinen Besuch im NASA Zentrum.

»Laut unserem berühmten Wissenschaftler leben wir alle in einer Simulation!«

»Völlig absurd!« sagte Ginas überzeugt.

»Betrachten wir doch einfach mal Gedankengänge, die diese These untermauern«, erwiderte der Außerirdische.

»Na ja«, kommentierte Jeff, während er das Besteck auf seinem Teller ablegte, »als Junge habe ich oft Schach gespielt und mein Lehrer sagte, dass das Schachspiel die Simulation zweier Heere sei, die sich in einer Schlacht bekämpfen. Sicher, es besteht ein riesiger Unterschied, aber im Prinzip ist es das Gleiche!«

»Entschuldige Exel, aber als namhafter Vertreter einer viel weiter entwickelten Rasse als der unseren, müsstest du diese Dinge doch kennen … ich meine diese Quantentheorie oder wie auch immer sie heißt!« warf Gina mit hörbarem Sarkasmus ein. »Mir kommt es dagegen so vor, als hättest du noch nie was davon gehört!«

»Da hast du nicht ganz unrecht, Gina! In den Naturwissenschaften, besonders was die Physik angeht, war ich immer schon ein wahrer Esel!«

Exel schenkte sich einen Schluck Wein nach und fuhr mit schelmischer Miene fort:

»Tja, daran kann man nichts mehr ändern, ich hatte halt immer schon mehr Talent fürs Theater!«

Kurze Pause.

»So was wie *Jesus Christ SuperExel*?« konterte Gina voller Ironie.

»Ja, so könnte man es nennen … ha ha ha!«

»Habt ihr schon mal was von *Rome Total War* gehört?« unterbrach Jeffs Stimme das Duett der beiden.

»Rome Total War? Was soll denn das sein?« fragten Gina und Exel einstimmig.«Ein Computerspiel! Eine Simulation! Der Spieler muss versuchen, für eine von drei berühmten römischen Familien die Errungenschaft eines Imperiums zu erzielen. Er muss Schlachten kämpfen, historische Schlachten, um die Feinde Roms zu besiegen. Das Spiel hat seinen Schauplatz im Zeitalter der Römischen Republik zwischen 270 vor Christus bis 14 nach Christus, dem Todesjahr von Octavianus Augustus, dem ersten römischen Kaiser. Der Spieler muss nicht nur stabile diplomatische, sondern ebenfalls gute Handelsbeziehungen aufbauen, um dadurch die wirtschaftliche Grundlage für die Ausrüstung seiner Heere zu schaffen und die bevorstehenden Schlachten gewinnen zu können, et cetera et cetera.«

»Ich wusste gar nicht, dass es dir Spaß macht, mit … mit *diesen Computerspielen* … die Zeit tot zu schlagen, mein Schatz!« provozierte Gina ihren Partner.

»Du kannst dir den unverschämten Ton ruhig sparen, liebe Gina«; erwiderte Jeff aufgebracht. »Erstens handelt es sich in keinster Weise um ein Spiel, sondern es wird höchstes strategisches Talent verlangt und zweitens bin ich nicht ununterbrochen auf der Jagd nach Dieben und Mördern, sondern brauche im Büro auch mal eine Pause. Verflucht, jetzt lassen wir doch mal die dummen Kommentare beiseite!« Er nahm einen Schluck Wein und fuhr fort. »Es ist eine fantastische Simulation! Und wenn wir Menschen solche Simulationen zustande bringen, verstehe ich nicht, warum eine andere viel weiter entwickelte Rasse, ausgestattet mit größeren und leistungsfähigeren Computern, nicht in der Lage sein sollte, dies ebenfalls zu tun.«

»Jetzt sag nur noch, du glaubst an dieses … dieses Märchen einer Simulation?« fragte Gina gereizt. »Demzufolge wäre *ich* also in deinen Augen eine Simulation?«

»Liebe Gina«, unterbrach Exel das Gezänk der beiden voller Charme, »falls du eine Simulation bist, dann bist du mit Sicherheit die schönste, die je existiert hat!« und kehrte schnell zum eigentlichen Thema zurück.

»Jedenfalls hat die These von Professor Kasper ein gewisses Etwas. Wie ihr wisst, vielleicht auch nur vom Hörensagen, ist die Physik in zwei Fachrichtungen gespalten: die eine unterliegt den Gesetzen der Relativität, die andere denen der Quanten. In der ersten setzte Einstein die Lichtgeschwindigkeit als Konstante ein, was bedeutet, dass kein Teilchen sich schneller bewegen kann als das Licht. In der zweiten hingegen existiert diese Begrenzung nicht. Aber nicht nur das! Ein Teilchen kann sich im gleichen Moment sogar an mehreren Punkten befinden oder sich in gewissen Situationen wie eine Welle, in anderen wie Materie verhalten.«

Exel breitete ratlos die Arme aus.

»Ein wahres Chaos!« fuhr er fort. »Aber das Erstaunlichste daran ist, dass beide Theorien bestens funktionieren!«

Jeff stellte sein fast leeres Glas auf dem Tisch ab.

»Wenn sie funktionieren, was hat dann Kasper zu meckern?« fragte er verdrossen.

»Er meckert zu recht. Denn wenn beide Theorien das gleiche Universum beschreiben, dann müsste eine von den beiden falsch sein. Wenn sie jedoch zwei Universen beschreiben oder zwei unterschiedliche Zustände des gleichen Universums, dann könnten beide korrekt sein«, präzisierte Exel.

»Was verstehst du unter *zwei unterschiedlichen Zuständen*?« fragte Gina neugierig.

»Liebe Gina, du bist eine ausgezeichnete Köchin, daher versuche ich, ein kulinarisches Beispiel zu finden.«

Exel überlegte einen Moment und begann erneut:.

»Wenn du eine Schokoladentorte bäckst, wirst du abwechselnd zwei Schichten verwenden, eine Schicht Biskuitteig und eine Schicht Schokoladencreme. Stimmt's?«

»Elementar, Exel!« gab Gina lächelnd zu.

»Okey! Also, Biskuitteig und Schokoladencreme bestehen aus unterschiedlichen Zutaten, bilden jedoch gemeinsam die Torte. Ist das verständlich?«

»*Ich* weiß nur, dass ich lieber Nutella als Schokoladencreme in der Torte hätte!« kommentierte Jeff in aller Seelenruhe.

»Ha ha ha … Jeff, der ewige Querkopf«, lachte Exel und sprach weiter. »Also, gemäß Kasper, wird der Biskuitteig, die Basis des Ganzen, nach den Gesetzen der Quantenphysik verwaltet und die Nutella – um Jeff zufriedenzustellen – nach denen der Relativitätstheorie der klassischen Physik. Versteht ihr? Und beide funktionieren!«

»Na toll! Aber was hat nun die Torte mit der Simulation zu tun?« fragte Gina verdutzt.

»Sie hat damit zu tun … und wie!« entgegnete Exel voller Verständnis über die Fassungslosigkeit der Gastgeberin. »Versuchen wir es mit einem zweiten Beispiel! Ich gehe davon aus, dass du schon einmal einen Computer benutzt hast, Gina. Und wie benutzt du ihn?«

»Mit der Maus natürlich!« antwortete Gina und Exel musste kurz auflachen.

»Na ja, im Grunde genommen hast du ja recht. Und wo bewegst du den Pfeil der Maus?«

»Auf dem Monitor!«

»Korrekt! Und wenn der Monitor ausgeschaltet ist, kannst du dann den Computer noch benutzen?« beharrte der Außerirdische.

»Na klar, ich muss nur den Monitor einschalten!«

Jeff fuhr sich mit beiden Händen durch die Haare und verdrehte die Augen.

»Gina … Exel will dir einfach nur klarmachen, dass du den Computer nicht benutzen kannst, wenn der Monitor ausgeschaltet ist, auch wenn der Rechner ganz normal weiterläuft.«

»Ach Mann! Wieviel Hin und Her!« verlor Gina langsam die Geduld. »Dann erklärt es halt besser!«

Exel startete einen neuen Versuch.

»Tatsache ist, dass das, was du auf dem Bildschirm siehst, nur das Ergebnis eines Programmes ist, welches im Computer läuft. Dieses Programm formt all die Bilder auf dem Monitor, dank welcher wir mit dem Rechner kommunizieren können.«

Exel goss sich noch einen Schluck Wein ins Glas und setzte erneut an:

»Kurz gesagt, wenn das Programm ein Pferd auf dem Bildschirm erscheinen lässt, das in der Prärie galoppiert, bedeutet dies nicht, dass das Pferd oder die Prärie real sind. Sie werden vom Programm einfach nur vorgetäuscht oder besser gesagt ... simuliert!«

»Ja, das hab ich verstanden!« unterbrach Gina erneut. »Aber was hat das nun wieder mit der Torte zu tun?«

»Es hat insofern damit zu tun, da man den Rechner mit dem Biskuitteig, das bedeutet der Quantentheorie, und den Monitor mit der Nutella vergleichen könnte, welche die klassische Physik darstellt.«

Exel erhob sich im Eifer des Gefechtes.

»Der Rechner benutzt für seine Funktionen die Binärsprache, das bedeutet Nullen und Einser, während der Bildschirm sich des Lichtes bedient oder besser gesagt einzelner Pixel. Aber nicht nur das! Um die Daten, die der Monitor sichtbar macht, auf den Bildschirm zu bringen, muss der Computer schneller sein als der Monitor, besser gesagt: die Information, die der Rechner zum Monitor sendet, muss früher ankommen als die Information, die der Bildschirm dem Betrachter zeigt. Wenn wir also von einer Simulation oder simulierten Welt sprechen, muss die Realität, die der Betrachter sieht, aktualisiert werden, bevor er es bemerkt, das heißt bevor das Licht seiner Augen auf das Objekt vor ihm fällt. Die nicht vom Beobachter betrachtete Welt wird erst im Moment der eigentlichen Betrachtung aufgebaut. Und so kommt es zu einer Einsparung von Energie.«

Gina und Jeff starrten den Außerirdischen sprachlos an und, als dieser den ungläubigen Blick der beiden Zuhörer bemerkte, sprach er sofort weiter.

»Schaut mich bitte nicht so an! Es ist doch ganz einfach! So wie ein Auto, das nachts auf der Straße fährt. Der Fahrer sieht nur den Bereich der Straße, der von den Scheinwerfern beleuchtet wird und keinen Zentimeter mehr. Das bedeutet, dass die Fortsetzung der Straße nur dann existieren muss, wenn die Scheinwerfer sie beleuchten, weder davor noch danach!« erklärte Exel, als handle es sich um die selbstverständlichste Sache der Welt.

Aber der Gesichtsausdruck der beiden Zuhörer hellte sich nicht auf ... sondern wurde immer düsterer. Nach einem kurzen Moment der Verlegenheit sprang Gina auf und wechselte, wie es nur die Unbeschwertheit eines weiblichen Wesens tun kann, völlig unerwartet das Thema:

»Super Exel! Tolle Erklärung! Wer möchte einen Kaffee?« und verschwand in der Küche, ohne eine Antwort abzuwarten.

»Mein lieber Exel, die Hausherrin scheinst du mit deinen Erklärungen nicht überzeugt zu haben«, meldete sich Jeff zu Wort, »… und um ehrlich zu sein, mich auch nicht. Was hat all dies mit der Simulation zu tun, von der hier die Rede ist?«

»Auch ich …«. begann Exel, wurde jedoch von Gina unterbrochen, die ein Tablett mit drei Tassen duftenden Kaffees jonglierend aus der Küche kam.

»Hier ist der Kaffee!« verkündete sie zufrieden. »Mach ruhig weiter mit deiner Straße, Exel … sehr interessant, ha ha ha!«

»Jeff, bist du nicht der glückliche Besitzer einer Waffe?« fragte Exel und deutete mit dem Zeigefinger auf die junge Frau. »Hast du noch nie … nicht ein einziges Mal … daran gedacht, sie zu erschießen?«

»Das würde ihm gerade noch fehlen!« lachte Gina und hielt den beiden Männern die Kaffeetassen entgegen. »Dann müsste er mit belegten Broten und Hamburgern überleben!«

Exel nahm seine Tasse, schlürfte kurz an dem heißen Getränk und nahm das Gespräch wieder auf.

»Also … auch ich durchschaue nicht alles, habe jedoch versucht, einfache Beispiele zu finden, um Kaspers Theorie besser zu erklären, sowohl für euch beide als auch für mich selbst. Ich bin zu dem Schluss gekommen, dass die Theorie richtig sein könnte, und falls wir Teil einer Simulation wären, könnten wir, die simulierten Wesen, es niemals bemerken.«

»Ich denke, der Einzige, der es wirklich wissen kann, ist derjenige, der alles programmiert hat.«

»Genau, Gina, völlig korrekt!« bestätigte Exel. »Und wir haben einen Verdacht!«

Beide sahen Exel fragend an und sprachen das Unglaubliche gleichzeitig aus: »John?«

»Ja, so ist es! Nach dem Gespräch mit Kasper sind George und ich der

Überzeugung, dass es wohl das Beste ist, Johns Partnerin Annie aus Europa zurückzuholen, damit sie einen erneuten Versuch starten kann, Johns Gedächtnis zurückkehren zu lassen.«

»Tolle Idee ... wenn auch von zwei Männern!« sagte Gina abschließend und räumte die Kaffeetassen vom Tisch.

»Nur einer Frau könnte ein so hoffnungsloses Unterfangen eventuell gelingen!«

24

»Nein, Exel, tut mir leid, aber ich kann dir beim besten Willen nicht folgen! Das klassische Ballett scheint dir gar nicht gut zu tun! Wahrscheinlich stößt dein Gehirn bei den vielen Sprüngen und Pirouetten dauernd mit der Schädeldecke zusammen und es entstehen kleine Traumata. Ähnlich wie bei den Boxern, die vor lauter Schlägen riskieren, irgendwann zu verblöden!«

Mephisto saß auf seinem Thron aus menschlichen Knochen und schüttelte den Kopf, während Exel geduldig vor ihm stand.

»Nein! *Ich* eine Simulation?« fuhr der Satane fort und ließ sein schlimmstes teuflisches Grinsen auf dem Frauengesicht erscheinen. Dann stand er auf, erhob den Zeigefinger und richtete ihn drohend auf den Außerirdischen.

»Du solltest wissen, mein Lieber, dass man das Böse nicht simulieren kann! *Du* hast noch nie die Gesichter der Menschen gesehen, wenn ich direkt vor ihnen erscheine, inmitten einer Schwefelwolke, umgeben von glühenden Funken. Glaub mir, der üble Geruch der Exkremente, die in ihrer Unterwäsche enden, ist das Realste, was du dir vorstellen kannst. Ich muss zugeben, dass der entsetzliche Gestank auch für mich oft unerträglich war. Und *ich* soll eine Simulation sein? *Ich*, der Herrscher des Universums … eine Simulation? Das ist ja lächerlich!«

»Hat deine Lobhudelei nun ein Ende?« fragte Exel und verdrehte dabei genervt die Augen.

Satana wickelte, begleitet von einem Grunsen, den schwarzen Mantel enger um die aufreizenden Rundungen seines Frauenkörpers. Dann nahm er erneut Platz auf seinem Thron und sah Exel nachdenklich an. Es folgte ein langer Moment des Schweigens.

»Weißt du, Exel, ich habe deine Fähigkeiten der Deduktion immer geschätzt«, sagte der Satane. »Für euch Guten ist es eben einfacher, Zeit zum Überlegen zu finden. Ihr seid immer ruhig und besonnen, handelt durchdacht und beherrscht, während wir Bösen viel impulsiver sind und uns von Zorn und anderen heftigen Gefühlen leicht hinreißen lassen. Du weißt genau, was ich meine! Damit will ich nicht sagen, dass du eventuell recht haben könntest, aber angenommen – die Wahrscheinlichkeit liegt bei Eins zu einer Million – es wäre wirklich so, wie du es beschreibst, dann … würde es mir ganz schön auf den Keks gehen, einfach so zu verschwinden, von einem Moment zum anderen!« Der Satane sah Exel fest in die Augen. »Was schlägst du vor?«

»Ganz einfach!« sagte Exel mit einem Lächeln auf den Lippen. »Rückkehr zu den alten Zeiten!«

»Du meinst: keinen Urlaub für dich und kein Sieg wegen Aufgabe zu meinen Gunsten?«

»Genau!«

»Okey, ein Sieg wegen Aufgabe deinerseits war sowieso nicht sehr befriedigend! Das heißt wieder offener Krieg zwischen uns beiden?«

»Ja, aber unter einer guten Regie!«

Bei Exels Worten erhellte sich das schöne Frauengesicht des Satanen mit einem zustimmenden Lächeln.

»Manchmal denke ich, dass du mich haushoch geschlagen hättest, wenn du die Stelle des Bösen eingenommen hättest!«

»Wer weiß, mein lieber Dämon, wer weiß!« antwortete Exel schmunzelnd, wurde jedoch gleich nachdenklich. »Aber nun lass uns über ernste Dinge reden. Wir müssen ein Problem lösen und zwar schnell!«

»Dann lass es uns lösen! Nur sind wir ein wenig eingeschränkt, lieber Exel! Du hast doch selbst gesagt, dass wir unsere übernatürlichen Kräfte verloren haben!«

»Ja, das stimmt zwar, aber nicht so ganz!« ergänzte Exel.

»Und was hast du verschwiegen?« fragte der Satane neugierig.

»Dass dieser Verlust zeitlich begrenzt ist! Ein Effekt zur physischen Normalisierung im Inneren der Pyramide, der außerhalb der Pyramide in wenigen Tagen wieder verschwindet, so dass alles wieder ist wie zuvor«, gestand Exel mit einem verschmitzten Lächeln.

»Und woher weißt du das?«

»Ganz einfach, ich habe es im Unterbewusstsein von John gelesen. Das Lustige ist, dass er selbst es nicht weiß!«

»Ich sage ja immer, dass das Unterbewusstsein uns böse Streiche spielt. Und nun sag mir: um welches Problem handelt es sich und wie können wir es lösen?«

Der Teufel wurde sofort ernst. Er mochte Probleme und löste sie umso lieber, wenn bei ihrer Überwindung ein großer Anteil purer Bosheit von Nöten war. Exel setzte den Satanen in wenigen Worten über die wichtigsten Fakten in Kenntnis. Dieser hörte dem Außerirdischen aufmerksam zu, nickte einige Male und, als Exel seine Darstellung beendet hatte, erhob er sich in seiner vollen, fast majestätischen Boshaftigkeit:

»Verstanden! Ich sause gleich los, um unserem Problem ein Ende zu setzen!« verkündigte der Teufel voller Überzeugung und … verschwand!

25

Und während Exel und der Teufel über die Simulation, die Pyramide und John diskutierten, stand dieser mit Brendon in der Höhle unter dem Weißen Haus direkt vor dem Monument.

»Ein bisschen hat sie sich schon beruhigt«, kommentierte der neue Präsident, »aber wir werden nicht aus ihrem Verhalten schlau!«

»Wenn ich mich nur wieder an alles erinnern könnte!« ergänzte John ratlos. »Sie muss ein ganz wichtiger Bestandteil meines früheren Leben sein, aber ich kenne beim besten Willen nicht mehr den Zusammenhang!«

»John, ich muss jetzt gehen. Habe gleich eine Pressekonferenz wegen der Übernahme meines neuen Amtes«, sagte Brendon und drehte sich zum Ausgang um. »Aber ich möchte Sie nicht alleine lassen und habe daher eine kleine Überraschung für Sie vorbereitet!«

John sah den Politiker fragend an.

»Eine freudige Überraschung, hoffe ich!«

Brendon öffnete die Tür und ging wortlos hinaus. Es vergingen nur wenige Momente und dann … traute John seinen Augen nicht.

»Annie!« rief er voller Freude und stürzte auf die bildhübsche junge Frau zu, die die Höhle betrat.

Sie lief ihm entgegen und die beiden fielen sich in die Arme, umarmten sich, küssten sich und schmiegten sich in unbändigem Verlangen aneinander. Nach einigen Minuten mussten beide erst einmal nach Luft schnappen.

»Wo kommst du denn her?« fragte John völlig verwirrt. »Ich dachte, du bist gerade im Auftrag der Regierung in Europa unterwegs!«

»War ich auch«, bestätigte Annie, »aber nach den Geschehnissen der letzten Tage hat mich der neue Präsident wieder nachhause geholt! Das

Projekt, für das ich arbeite, wurde erst einmal auf Eis gelegt. Sie brauchen mich jetzt hier in Washington!«

»Das ist fantastisch!« jubelte John. »Und dass dich Brendon gleich hierher geführt hat! Einfach wundervoll!«

Und erneut übersäte er das Gesicht seiner geliebten Partnerin mit heißen Küssen. Diesmal jedoch bremste sie zaghaft die verlangende Begierde ihres Gegenübers. Sie drehte den Kopf leicht zur Seite, auch wenn es ihr schwer fiel, und versuchte sanft, sich aus der engen Umarmung zu befreien.

»John, warte! Wir haben noch den ganzen Abend vor uns!« sagte sie und trat einen Schritt zurück. »Brendon wollte dich zwar positiv überraschen, aber um ehrlich zu sein, hatte er einen speziellen Grund, um mich hierher zu führen.«

»Aha«, murmelte John mit leichter Enttäuschung, »und was wäre dieser spezielle Grund?«

»Kannst du dich an unseren ersten großen Streit erinnern?«

»Als ich erfahren habe, dass du nicht Grafikerin, sondern Psychologin bist?«

»Ja, John!«

»Natürlich, Gina! Nur selten in meinem Leben kam ich mir wie ein Affe[*] vor!« entgegnete er mit etwas bitterem Unterton. »Damals hast du dich noch als Psychologin der Außerirdischen ausgegeben, die den Menschen den *Sprung* von der irdischen Realität zur realen Existenz der Außerirdischen auf der Erde erleichtern sollte!«

Annie strich ihm zärtlich mit der Hand über die Haare.

»Nur so hast du schließlich bemerkt, dass *du* der Außerirdische bist, auch wenn viele Dinge noch nicht in dein Gedächtnis zurückgekehrt sind!«

»Leider, Annie, leider! Was würde ich darum geben, mich wieder an meine gesamte Vergangenheit erinnern zu können!«

»Und gerade dabei soll ich dir helfen, John!« Dann hakte sie sich bei

---

[*] »*Der Präsident*«, Kapitel 12

107

ihm ein und zog ihn sanft Richtung Ausgang. »Aber ohne dass du dich gleich wieder aufregst oder wie ein Äffchen fühlst«, fügte sie mit leichter Ironie hinzu.

»Okey, ich verspreche es dir, mein Schatz!«

»Und jetzt muss ich unbedingt etwas essen. Die kleine Mahlzeit beim Rückflug war wirklich ungenießbar und Brendon hat mich vom Flugplatz sofort zu dir bringen lassen. Was hältst du von unserem Italiener?«

»Du hast wie immer die besten Ideen, Annie! Lass uns gleich gehen. Ich habe auch riesigen Hunger!«

»Und danach machen wir es uns richtig gemütlich!« säuselte Annie und zwinkerte ihrem Partner zu, der sie an sich drückte und erwiderte:

»Aber so richtig gemütlich!«

26

Dexter saß mit aufgestützten Ellenbogen hinter seinem Schreibtisch und starrte grübelnd, den Kopf auf die Hände gelegt, in sein Arbeitszimmer. Als er vor ein paar Stunden den unterirdischen Bunker verlassen hatte, waren seine Gedanken präzise und eindeutig gewesen. Er hatte einen exakten Plan im Kopf und jeden einzelnen Schritt ganz klar vor Augen!

Aber dann war irgendetwas geschehen, irgendetwas was er nicht verstand, irgendetwas was er nicht nachvollziehen konnte. Die Gedanken schwirrten völlig planlos in seinem Kopf herum. Es kam ihm so vor, als hätte er die Kontrolle über sich selbst verloren. Er, der Vice der Area 51! Das durfte nicht sein! Das konnte nicht sein! Verzweiflung und Zorn stiegen in ihm auf. Er musste sich konzentrieren. Er musste seine Gedanken wieder unter Kontrolle bekommen!

Aber diese Fliege, die seit einigen Minuten in seinem Zimmer herumflog, erlaubte es ihm nicht! Er konnte das summende Geräusch nicht mehr ertragen! Diese Schmeißfliegen, die an den dreckigsten Orten geboren wurden und alle möglichen Keime mit sich herumtrugen. Er wollte sich konzentrieren … aber dieses ekelhafte Insekt hielt ihn davon ab! Bei diesem Gedanken hob er ruckartig den Kopf! Du störst mich bei meiner Konzentration … dann richte ich eben meine volle Konzentration auf dich … auf deine Vernichtung!

Die große Fliege sauste von einer Wand zur anderen, dann von der Tür zum Fenster, zog eine Schleife nach der anderen, immer enger, schließlich direkt über seinem Kopf, um auf dem Aktenstapel auf der rechten Seite des Schreibtisches zu landen. Dort bewegte sich die Fliege auf ihren dünnen Beinen hektisch hin und her, machte ein zwei Drehungen um sich selbst und stand zuletzt bewegungslos da. Sie schien den Militär mit beiden Facettenaugen zu fixieren. Jedenfalls empfand es Dexter so.

Na warte, du mieses kleines dreckiges Insekt! Dir werde ich es zeigen!

Während er die Fliege nicht aus den Augen verlor, glitt seine rechte Hand ganz langsam in das offene Fach unterhalb der Schreibtischplatte. Suchend bewegte sich seine Hand zwischen den abgelegten Akten und fand endlich die geeignete Mappe. Langsam, ganz langsam zog er diese nach oben und näherte sich in Zeitlupengeschwindigkeit seinem Ziel.

In ein paar Sekunden ist es um dich geschehen!

Er holte bltzschnell aus, um das Tier zu überraschen, aber seine eigene Überraschung war ein paar Sekunden später viel größer als die der Fliege! Mit der Mappe in der Hand, zum Schlag erhoben, blieb er wie versteinert hinter dem Schreibtisch sitzen. Dexter war wie gelähmt, zu keiner Bewegung fähig, konnte keinen einzigen Muskel bewegen … außer den der Augen, die voller Entsetzen die Szene beobachteten, die sich vor ihnen abspielte.

Die Fliege begann zu wachsen, solange ihr Körper es zuließ, dann platzte sie auf und machte einer neuen, zunächst nicht definierbaren Gestalt Platz. Die ineinander übergehende, sich kontinuierlich ausdehnende Materie erhob sich gegen die Zimmerdecke, bis sich schließlich eine wunderschöne blonde Frau materialisierte und vor dem Marin auf dem Schreibtisch zum Stehen kam. Sie war nur mit einem roten Korsett bekleidet, einem bis zur Taille reichenden Strumpfgürtel aus schwarzer Spitze mit Strumpfbändern und feinen schwarzen Strümpfen, die wiederum in hochhackigen roten Stiefeletten endeten.

Mit eleganten Bewegungen stieg die Dame über den Stuhl für Besucher von der Tischplatte zum Boden herab, nahm dem bewegungslosen Dexter die Mappe aus der Hand und legte sie auf den Schreibtisch. Dann vollführte sie eine Drehung um sich selbst nach rechts, dann nach links und blieb in aufreizender Pose vor dem Marin stehen.

»Na, wie sehe ich aus? Gefällt dir mein neuer Look?« hallte die tiefe Baritonstimme, die Dexter so viele Male durchs Telefon gehört hatte, im Büro wieder.

110

Dexter starrte die kurvenreiche Schönheit ungläubig an. Zunächst hatte er die Kontrolle über seine Gedanken verloren, danach die Kontrolle über seinen Körper! War er gerade dabei, verrückt zu werden? Was stand da vor ihm, eine Wahnvorstellung, eine Fata Morgana?

In diesem Moment schnippte die Fata Morgana mit den Fingern und es kehrte Leben in Dexters Körper zurück. Der Arm mit erhobener Hand sauste der Schwerkraft folgend in die Tiefe und schlug hart auf die Schreibtischplatte.

»Dexter!« ertönte der Bariton. »Dexter! Aufwachen!«

Kaum war die Lähmung gewichen, begannen auch die Schweißdrüsen wieder zu arbeiten. Angstschweiß trat aus allen Poren seines Körpers, der in Form von riesigen, perlenden Tropfen auf Dexters Stirn zu rinnen begann. Das musste der Satane sein, der übermächtige Helfershelfer, dessen Anweisungen er seit Monaten über das Telefon erhalten und danach befolgt hatte, den er jedoch noch nie zu Gesicht bekommen hatte. Zwar hatte er sich eine völlig andere Gestalt hinter der Baritonstimme vorgestellt, aber der Außerirdische konnte scheinbar problemlos jede Form und Gestalt annehmen.

Die Blondine ging um den Schreibtisch herum, stieß den auf Rollen stehenden Stuhl mitsamt Dexter mit dem Fuß nach hinten und setzte sich dann rittlings auf den Schoß des Marins.

»Na mein Süßer, das war aber jetzt eine Überraschung, nicht wahr? Gestern noch fest überzeugt, mich definitiv los zu sein, musstest du sofort auf eigene Faust handeln, und heute, sieh an sieh an, machst du dir beim bloßen Anblick meines Körpers schon wieder in die Hose. So schrecklich sehe ich doch wirklich nicht aus!«

Dabei streckte die Blondine dem Major ihre Brüste entgegen und wiegte sich herausfordernd auf den Beinen des Mannes. Dieser versuchte krampfhaft, die Fassung wiederzugewinnen, was jedoch aus zwei Gründen ein Ding der Unmöglichkeit war: zum einen zerfraß ihn die Furcht vor dem unberechenbaren Außerirdischen, zum anderen weckten die Berührungen der weiblichen Gestalt mit ihren aufreizenden Formen und Bewegungen seine sonst verborgenen männlichen Instinkte.

»Dexter!« stieß die Blondine auflachend aus. »Was spüre ich denn da?«
Sie ließ ihre Hände über Dexters Schoß gleiten und setzte voller Ironie
hinzu: »Wo bleibt denn da die militärische Kontrolle?«

Das war zu viel für den Major. Er sprang empört auf und warf dabei die
junge Dame fast zu Boden.

»Genug! Das reicht!« schrie der Marin und dieser Aufschrei holte ihn
in die Realität zurück. Er strich seine Uniform glatt, nahm Haltung an
und seinen ganzen Mut zusammen.

»Was wollen Sie von mir?«

»Was ich von dir will?« ertönte wie ein Echo die tiefe Baritonstimme.
»Ich will, dass du deine Fehler wieder gut machst und nicht dauernd neue
begehst!«

Dabei bewegte sich die blonde Gestalt drohend auf den Marin zu.

»Du hast mir hoffentlich etwas Positives zu berichten! Hast du den Präsidenten endlich gefunden?«

»Ja, er wird in der Tat im Geheimtrakt festgehalten!«

»Warum *in der Tat*? Hattest du etwa an meinen Worten gezweifelt?«

»Nein, nein …« beruhigte Dexter sein Gegenüber sofort, »… natürlich
habe ich nicht an Ihren Worten gezweifelt, aber …!«

»Aber was?« ließ der Satane nicht locker.

»… aber es ist so … so unglaublich!« stotterte der Major.

»Unglaublich, aber wahr! So wie viele andere Dinge!« bemerkte Dexters Besucherin und stolzierte auf den hohen Absätzen durchs Büro.
»Denkst du, dass *ich* den meisten Menschen glaubhaft oder möglich
erscheine? Ich würde eher sagen: Nein! Da musst du mir doch recht
geben, oder?«

Noch bevor Dexter etwas sagen konnte, fuhr der Satane fort:

»Also, was hast du bei deinem Besuch im Geheimtrakt gesehen und vor
allem … was würdest du aufgrund des Gesehenen vorschlagen?« lautete
die Frage des Außerirdischen.

Dexter nahm erneut hinter seinem Schreibtisch Platz und versuchte,
den von ihm gefassten Plan vorzutragen, ohne seine panischen Angst vor
dem Satanen bloßzulegen. Er räusperte sich kurz und begann, in nüch-

ternem Tonfall zu sprechen, einen Punkt auf der Arbeitsplatte fixierend, um seinem Gegenüber nicht in die Augen sehen zu müssen:

»Die ehemaligen Aufenthaltsräume der Grauen werden von einem halben Duzend Marins, den engsten Vertrauten des Generals, ununterbrochen überwacht. Die Geiseln befinden sich alle in Einzelzimmern mit Bad. Es stehen ihnen Spiele, Bücher und Videofilme zur Verfügung, keine Fernsehübertragung, kein Computer. Dem Präsidenten wurden aufgrund seines ...« Dexter überlegte kurz und hüstelte, »... nennen wir es ausgeprägten männlichen Hormonhaushaltes ... mehrere Pornofilme zur Verfügung gestellt, mit denen er fast unentwegt seine sexuellen Gelüste befriedigt. Daher hatte ich die Möglichkeit in Betracht gezogen, einen durch den dauernden Erregungszustand verursachten Herzinfarkt vorzutäuschen, hervorgerufen durch einen medikamentösen Zusatz im Essen.«

»Bravo, Dexter, wirklich eine gute Idee! So gut, dass mein außerirdischer Freund und ich eine ähnliche hatten! Wahrscheinlich würde niemand untersuchen, ob der Tod eventuell durch eine chemische Substanz ausgelöst wurde ...«

Dexter atmete erleichtert auf, verkrampfte sich jedoch sofort wieder, als sein Gegenüber mit einem *Aber* fortfuhr.

»... aber da ein *Wahrscheinlich* nicht ausreichend für uns ist, halte ich es für besser, die Sache diesmal selbst in die Hand nehmen«, und fügte mit einem anzüglichem Lächeln hinzu, »und zwar im wahrsten Sinne des Wortes!«

27

Nachdem Annie und John ein Viergänge-Menü mit Antipasti di mare, Spaghetti allo scoglio, Branzino in crosta di sale und einem Profiterol, begleitet von herrlichem Frascati und abschließendem Grappa genossen hatten, gingen sie Arm in Arm zu Johns Apartment.

»Das Essen war umwerfend! Der italienische Koch hat sich mal wieder selbst übertroffen!«

»Ja, mein Schatz! Ich spüre all die Aromen immer noch auf meinem Gaumen. Und die Farbe des Grappa! Dieses Gelb! Das hätte nicht einmal Van Gogh zustande gebracht, um dann sagen zu können, es sei das bekannteste auf der ganzen Welt.«

»Es war einfach fantastisch und dieser Spaziergang nach dem Essen tut uns jetzt richtig gut, John!« sagte Annie und setzte mit einem herausfordernden Lächeln hinzu: »Damit wir nachher fit sind!«

John drückte der blonden Schönheit einen Kuss auf die Stirn und zog sie näher an sich.

»Ich verspreche dir auch, mich nicht wie ein Äffchen aufzuführen!«

Wortlos lehnte Annie ihren Kopf an Johns Schulter und genoss nach den vielen Wochen der Trennung das wohlige Gefühl der Wärme, das der männliche Körper ausstrahlte.

Zu Hause angekommen konnten sie endlich Verlangen und Leidenschaft freien Lauf lassen. Der Kleider entledigt ließen sie sich auf das breite Bett fallen. John tauchte seinen Kopf zwischen die weichen Brüste seiner Geliebten und flüsterte etwas Poetisches über den Duft ihrer Haut. So leise und zärtlich seine Stimme war, so entschlossen und fordernd waren seine Hände, die Annie jegliche Hemmung nahmen. Körper an Körper gepresst, mit Lippen, die sich suchten und fanden, wälzten sie sich in inniger Umarmung, bis ihr Verlangen endlich Befriedigung fand. Erschöpft, aber glücklich entspannt schliefen sie eng umschlungen ein.

Am nächsten Morgen sang John fröhlich unter der Dusche vor sich hin, als der Vorhang plötzlich aufgerissen wurde.

»Wie kannst du es wagen, ohne mich zu duschen!« täuschte Annie vor, beleidigt zu sein.

»Okey, dann komm herein!« lud John die nackte Schönheit ein, umfasste ihre Taille und hob sie in die Duschkabine. Annie lachte glücklich auf, aber das Lachen verging ihr auf der Stelle.

»Ahhhhhh …!« schrie sie entsetzt auf, »Jooohnnn! Das Wasser ist eiskalt!« »Allerdings! Das ist die einzige Möglichkeit, um meine heißen Gedanken abzukühlen!«

»Und wer hat dich darum gebeten, sie abzukühlen?« kommentierte Annie und ihr Blick sprach Bände.

»Ach, so ist das! Na dann, mit Volldampf voraus!« sagte er lachend und drehte den Wasserhahn auf heiß.

»Aber jetzt ist es glühend heiß!« rebellierte Annie liebevoll.

»Genauso wie ich, meine Liebste!«

Das dampfende Wasser umhüllte die beiden eng umschlungenen Körper.

»Das gilt nicht!« murmelte Annie sanft. »Du hast die Haut eines Außerirdischen!«

»Mach dir keine Sorgen, Liebling! Ich schütze dich mit meinem Körper vor dem heißen Dampf!« säuselte John und presste sie noch fester an sich.

»Danke, mein Schatz, aber du bist noch heißer!« waren ihre letzten Worte, danach hörte man nur noch das Rauschen des Wassers.

Eine halbe Stunde später saßen sie gut gelaunt und duftend am Frühstückstisch, John vor seinem Espresso, Annie vor einer Tasse Cappuccino mit einem Berg herrlichen Milchschaums. Genüsslich schlürfte sie an dem köstlichen Getränk, dessen Schaum einen weißen Schnurrbart über ihren Lippen hinterließ. John konnte es nicht bleibenlassen, sich über den Tisch zu lehnen und Annie mit einem Kuss den Schnurrbart zu entfernen.

»Es sieht zwar lustig aus, aber so gefällst du mir besser«, sagte er lachend und lehnte sich wieder in seinen Stuhl zurück.

»Danke mein Schatz! Ich bin sicher, dass du nur ein bisschen Schaum kosten wolltest, und dich nicht getraut hast zu fragen«, scherzte Annie und trank den restlichen Cappuccino.

»So, jetzt ist er weg … auch ohne Bärtchen!«

John lachte ihr vergnügt entgegen und hob seine Tasse.

»Meiner auch!« und trank die Tasse leer.

»Ich bin topfit! Was hältst du davon, wenn wir eine Runde im Park laufen gehen!«

Johns glücklicher Gesichtsausdruck verschwand schlagartig.

»Joggen im Park?« fragte er enttäuscht.

»Ja, warum nicht?«

»Weil es anstrengend ist und keinen Spaß macht!«

»Männer!« empörte sich Annie. »Du spielst wohl lieber am Computer! Da brauchst du dich nicht bewegen, sondern bewegst einfach die Figuren auf dem Bildschirm!«

Und wieder änderte sich der Gesichtsausdruck des jungen Mannes. Etwas vergnügter!

»Auf jeden Fall besser als Joggen!« sagte John erleichtert. »Wie willst du spielen? Zusammen oder einer gegen den anderen?«

»Die zweite Variante gefällt mir besser, sonst wird es zu langweilig! Ein bisschen Wettbewerb tut gut, oder?«

»Gebongt!« antwortete John. »Dann lass uns beginnen!«

Ein paar Minuten später saßen die beiden mit Joysticks bewaffnet vor einem großen Monitor.

»Was willst du spielen? Such dir ein Spiel aus!« bot John seiner Partnerin scheinbar großzügig an. In Wirklichkeit hatte er keine Ahnung, was er vorschlagen sollte!

Annie nahm die Maus in die Hand und klickte auf das Icon des von ihr gewählten Spiels.

»Hast du schon mal *Crisis* gespielt, John?« fragte die junge Frau lächelnd.

»Annie, bis zu einem gewissen Grad habt ihr, wenn man es so nennen kann, mich doch programmiert*«, bemerkte John verwundert über die gesamte Situation, »Das weißt du ganz genau! Ich benutze den Computer fast nur zum Arbeiten, auch wenn ich ab und zu mal eine Patience lege.«

Dann entschied er sich, auf Annies Wünsche einzugehen. Wahrscheinlich handelte es sich um ein weiteres Experiment mit ihm! Egal!

»Okey, was für ein Spiel ist es?«

»Es ist ganz einfach, mein Lieber, es handelt sich um eine Art Kriegssimulation.«

»Krieg? Ich habe aber keine Lust, Krieg zu spielen, Annie!« protestierte John nun heftig.

»Ha ha ha, mach dir keine Sorgen, mein lieber Gutmensch! Dann spielen wir eben eine andere Simulation! Hoffentlich ist diese hier nicht zu schwierig für dein kleines Köpfchen«, scherzte Annie fröhlich.

»Und was sollen wir simulieren!« fragte John neugierig.

Er wusste von der Existenz dieser Simulationsspiele, aber es gab tausende, Flugsimulatoren, Panzersimulatoren, U-Bootsimulatoren und so weiter, auch wenn er sie noch nie gespielt hatte.

»Wir könnten eine Konstruktion der Welt simulieren!« kündigte seine Partnerin an und wählte mit der Maus das entsprechende Icon auf dem Desktop.

»Ja, das gefällt mir!« willigte John ein. »Und wie spielt man das?«

»Denk einfach, du bist Gott und dir steht eine Gruppe von Eingeborenen zur Verfügung, mit der du deine eigene prähistorische Zivilisation aufbauen kannst, um den Weltraum zu erobern. Die gesamte Simulation solltest du auf der Grundlage deiner strategischen Fähigkeiten als Diplomat und Politiker wie auch gemäß der Bedürfnisse deiner Zivilisation gestalten und formen.«

---

*   »*Der Präsident*«, Kapitel 34

»Kommt mir ein bisschen kompliziert vor dieses Spiel!« kommentierte John wenig überzeugt von Annies Wahl.

»Du hast nicht ganz unrecht«, musste Annie zugeben. »Aber stell dir vor, was für ein Gefühl es sein wird, dich wie ein Gott zu fühlen.«

»*Ich bin kein Gott*, Annie!« platze es aus John heraus. »Ich weiß, dass ihr das denkt und wahrscheinlich habt ihr gute Gründe dafür. Mir ist bewusst, dass ich manchmal seltsame Dinge tue, aber ich denke, dass dies … nennt es, wie ihr wollt … Verdienst oder Schuld der Pyramide ist.«

John kam ins Schwitzen und wischte sich die ersten Tropfen von der Stirn.

»Ich kann mich an den Grund meiner Mission auf der Erde nicht erinnern! Das einzige, was ich weiß, ist, dass diesem Planeten eine Katastrophe droht und es meine Aufgabe ist, sie zu verhindern.«

John stieß den Joystick von sich und stand auf.

»Vielleicht war deine Idee, im Park laufen zu gehen, gar nicht so schlecht!« bemerkte John trocken und ging zur Tür. »Komm, lass uns gehen!«

»So gefällst du mir! Ein bisschen frische Luft tut deinen kleinen grauen Zellen sicher gut. Dann verblödest du nicht so schnell beim Älterwerden!« erwiderte Annie lachend.

John blieb wie vom Blitz getroffen stehen und schaute die junge Frau so seltsam an, dass sie erschauderte.

»Was hast du gerade gesagt, Annie?« fragte er und packte sie mit beiden Händen an den Schultern.

»Nichts! Was soll ich gesagt haben?« sagte Annie erschrocken. »Dass ein bisschen frische Luft dir gut tut. Du wirst doch nicht wegen des *Verblödens* beleidigt sein?«

John starrte Annie wortlos an, ließ zunächst ihre Schultern los, warf dann den Kopf in den Nacken und begann schallend zu lachen.

Annie war so verwirrt, dass sie nicht Besseres herausbrachte als:

»Also wirklich, John! Was zum Teufel ist mit dir los?«

»Endlich weiß ich, warum ich auf die Erde geschickt worden bin!«

28

Der Präsident verfolgte mit größter Aufmerksamkeit die pikanten Szenen auf dem riesigen Bildschirm und achtete nicht auf das Brummen der Schmeißfliege, die durch den Schacht der Klimaanlage in sein Zimmer gelangt war. Es wiederholte sich das gleiche Spiel, das die Fliege bereits mit Dexter getrieben hatte, nur viel intensiver.

Nachdem sie einige Minuten im Zimmer herumgeflogen war, setzte sie sich auf die rechte Schulter des Mannes, der, ohne den Bildschirm auch nur eine Sekunde aus den Augen zu verlieren, mit einer instinktiven Handbewegung versuchte, die Fliege zu vertreiben. Ein weiteres Mal begann die Fliege, mit dem unangenehmen Summen durch das Zimmer zu kreisen, um sich kurz darauf auf dem Kopf des Präsidenten niederzulassen. Genervt schlug er sich auf den Kopf, um den lästigen Zimmergefährten aus dem Weg zu räumen. Das einzige Ergebnis war, dass das Insekt erneut in weiten Kreisen um ihn herumflog, wobei das brummende Geräusch, das es erzeugte, immer unerträglicher wurde. Schließlich verlor der Präsident die Geduld. Er erhob sich von seinem Sessel, nahm eine Zeitschrift vom Tisch und rollte sie zusammen, um den verfluchten Störenfried zu jagen und dem Ganzen ein Ende zu setzen. Es begann eine Art bizarres Ballett, mit dem Politiker, der die Luft immer und immer wieder mit der eingerollten Zeitschrift zu spalten schien, und der Fliege, die jedem Angriffsschlag geschickt auswich und fast höhnisch immer enger und mit lauterem Brummen um den Mann herumflog.

Im Eifer des Gefechtes stolperte der Präsident über seine eigenen Füße und endete unsanft auf dem Boden. Als er sich vom Schreck erholt und die Augen wieder geöffnet hatte, bemerkte er, dass er nichts mehr erkennen konnte. Er hatte während des Sturzes seine Brille verloren. So ließ er die

Zeitschrift los und begann auf dem Bauch liegend, mit beiden Händen nach den dicken Brillengläsern zu suchen. Endlich ertastete seine Hand das Gestell und er setzte sich glücklich die Brille auf die Nase. Immer noch auf dem Boden liegend, aber nach wiedererlangter Sehkraft, versuchte er seine direkte Umgebung wahrzunehmen, aber das Einzige, das er erkennen konnte, war ein großer roter Fleck genau vor seiner Nase. Er versuchte genauer zu fokussieren und traute seinen Augen nicht: was er da genau vor sich sah, war eine rote Stiefelette!

Er hob langsam den Kopf und hatte bald die gesamte Gestalt der schönen, über ihm stehenden Frau im Blickfeld.

»Halten sie dies für das angemessene Verhalten dem Präsidenten der Vereinigten Staaten gegenüber?« fragte er die Dame in Rot geringschätzig.

Der Politiker erhob sich mit einiger Mühe vom Boden.

»Wer sind Sie eigentlich? Und wie sind Sie hier hereingekommen?« fragte er leicht verwirrt, strich seine Kleider glatt und versuchte eine würdevolle Haltung anzunehmen, was angesichts der provokanten Gestalt vor ihm, nicht leicht war.

Endlich begann die aufreizend gekleidete Frau zu sprechen.

»Na ja, sagen wir mal, es ist eine meiner Spezialitäten, völlig unvorhergesehen zu erscheinen. Wissen Sie …« sagte sie lächelnd, »… ich wollte Sie schon so lange kennenlernen! Ich bin besonders von Ihrem … Gehirn fasziniert …«

Geschmeichelt lächelte Präsident die Besucherin an.

»… auch wenn man statt von einem Gehirn«, fuhr sie amüsiert fort, »eher von einem riesigen Pornoshop sprechen könnte!«

»Was fällt Ihnen ein?« protestierte der Präsident heftig. »Sie sprechen mit dem Präsidenten der Vereinigten Staaten!«

»Ha ha ha …«, kicherte die Frau und gab ihrem Gegenüber einen leichten Klaps auf die Wange, »… ich weiß ganz genau, wer du bist! Und wenn du es so weit gebracht hast, dann nur dank meiner Unterstützung. Aber nun haben sich die Zeiten geändert und du dienst unserer Sache nicht mehr … mein lieber Ex-Präsident!«

»Also alles, was recht ist! Wer sind Sie? Kann man das vielleicht erfahren?«

»Es wäre vielleicht einfacher zu sagen, wer ich nicht bin, aber … kommen wir doch auf uns zurück …«, säuselte die Blondine und presste sich in schmachtender Umarmung an den männlichen Körper, »… ich weiß, dass du mich besitzen willst«, fuhr sie mit hypnotisierender Stimme fort und leckte sanft sein Ohrläppchen. »Ich höre dein Stöhnen, ich spüre deine harte Männlichkeit! Dir läuft schon das Wasser im Mund zusammen!«

Noch ein sanftes Lecken über sein Ohr, noch ein herausforderndes Anschmiegen der weiblichen Kurven an seinen Körper, dann war es um den Mann geschehen. Er verlor gänzlich die Kontrolle.

»Ja, ja, du hast recht! Ich begehre dich, wie nichts anderes auf der Welt! Ich muss dich besitzen«

Der Präsident war in eine Art Sinnesrausch gefallen und versuchte wie besessen mit der Hand den Reißverschluss seiner Hose zu öffnen, aber die Frau bremste die Bewegung des Mannes.

»Es tut mir leid, mein Lieber, aber du kannst nicht den besitzen, von dem du bereits besessen bist! Aber mach dir keine Sorgen, dein Verlangen, deine Gelüste werden weit über deine Erwartungen hinaus befriedigt werden!«

Nach diesen Worten ließ der Satane die Hand des Mannes los, der geifernd sein bestes Stück aus der Hose zog und wie verrückt begann, sich selbst zu befriedigen.

»So ist's richtig, mein Lieber, mach ruhig ohne mich weiter!« sagte der Teufel mit einem heimtückischen Lächeln auf den Lippen und verschwand.

Erneut erfüllte ein lautes Brummen den Raum, das hinter dem Gitter der Klimaanlage immer leiser wurde und schließlich verstummte.

Als die Wachen ein paar Stunden später das Zimmer des Präsidenten betraten, fanden sie den armen Mann, völlig von Sinnen, bis zur Erschöpfung seinen Penis bearbeitend, um immer wieder erneut sexuelle Befriedigung zu finden.

29

Matthew sah General Willis mit zweifelndem Blick an.

»Und wie sollen wir uns nun verhalten?«

Die beiden befanden sich im Aufenthaltsraum des Geheimtraktes der Area 51. Willis ging unentschlossen auf und ab.

»Gute Frage, Matthew! Ich bin momentan auch ratlos. Wer konnte denn ahnen, dass es so schlimm um den Ex-Präsidenten steht. Er ist total durchgedreht!«

»Ja General, er ist völlig von Sinnen, gar nicht mehr ansprechbar. Er denkt an nichts anderes als …«, verlegen räusperte sich der Marin.

»… an die Befriedigung seines sexuelles Dauerbedürfnisses«, vollendete Willis den Satz. »Unglaublich! Ich habe so etwas noch nie gesehen. Dass er nicht ganz normal ist, war uns klar und hat uns schließlich gezwungen, diesen Schritt zu gehen. Aber dass seine psychische Labilität an einem solchen Punkt angelangt war, konnten wir nicht ahnen. Ich rufe gleich Brendon an und frage ihn, wie wir vorgehen sollen.«

»Okey Sir!« grüßte Matthew seinen Vorgesetzten, der bereits auf die Tür zuging. Willis dreht sich ein letztes Mal um und sagte:

»Ich melde mich, sobald ich neue Anweisungen habe!«

Dann verließ er die Räumlichkeiten des unterirdischen Hügels und startete seinen Jeep. Wie sollte er dem neuen Präsidenten die Vorgänge der letzten Stunden erklären? Bei dem Gedanken stieg sogar dem General eine leichte Röte ins Gesicht.

Ein paar Minuten später wählte er die Nummer von Brendons Sekretariat und hatte kurz darauf den neuen Präsidenten am Telefon. Wie immer besprachen sie nichts Wichtiges, sondern vereinbarten einen Termin auf der Driving Range.

Einige Tage danach standen sie sich erneut persönlich auf dem Golfplatz von Las Vegas gegenüber und Willis berichtete etwas verlegen über die Vorfälle im Geheimtrakt.

»Das hört sich wirklich schlimm an! Trotz der vielen Vorwarnungen, die uns zu dieser Entscheidung gezwungen haben, hätte ich nie, wirklich nie gedacht, dass er seine Selbstbeherrschung so verlieren würde«, kommentierte der neue Präsident der Vereinigten Staaten. »Haben Sie einen Vorschlag, wie wir die Situation ohne Wissen der Öffentlichkeit lösen könnten?«

Willis zuckte mit den Schultern.

»Was soll ich sagen?« murmelte er nachdenklich, wie im Selbstgespräch. »Wir müssen ihn verschwinden lassen!« und fing sich sofort einen entsetzten Blick des Präsidenten ein. »Nein, nein, ich meinte natürlich nicht definitiv,« beruhigte der General sofort seinen Gesprächspartner, »aber er müsste einfach von der Bildfläche verschwinden, unauffindbar für das öffentliche Auge!«

»Sie meinen, wir sollten ihn irgendwo unterbringen, wo er seinen … sagen wir extravaganten körperlichen und seelischen Verirrungen … problemlos nachkommen kann? Natürlich unter Ausschluss der Öffentlichkeit!«

Die grauen Zellen der beiden arbeiteten auf Hochtouren … und arbeiteten und arbeiteten. Zwischen den Männern, die mit gesenkten Köpfen auf der Bank unter der Baumgruppe der Driving Range saßen, machte sich eine beklemmende Stille breit. Man hörte nur das Rauschen der Blätter, die der Wind über den beiden Besuchern in dauernder Bewegung hielt.

Plötzlich hob Willis den Kopf.

»Die Howlandinsel!«

»Wie bitte?« fragte der Präsident immer noch in Gedanken.

»Die Howlandinsel!« wiederholte der General. »Eine kleine Insel im Pazifik. etwa auf halber Strecke zwischen Australien und Hawaii. Die Insel ist unbewohnt. Es gibt keine wirtschaftlichen Aktivitäten. Nur alle zwei Jahre wird die Insel von der U.S. Fish and Wildlife Service Behörde besucht. Vor ein paar Tagen habe ich einen Artikel darüber gelesen.«

Der Präsident nahm Willis Gedankengang auf.

»Sie meinen, dass wir ihn dort unterbringen könnten?«

»Ja, das wäre eine Idee! Wir bauen einfach eine Notstation dort auf, ausgestattet mit unzähligen Videofilmen und einem riesigen Bett. Das müsste ihm in seinem momentanen Zustand reichen! Wenn er so weiter macht, wie in den letzten Tagen, denke ich nicht, dass sein Körper allzu lange mitmachen wird!« erklärte Willis und fügte mit einem entschuldigenden Lächeln hinzu. »Aber das wäre dann wirklich nicht unsere Schuld!«

»Nein General, das hätte er sich selbst zuzuschreiben!« bestätigte der Präsident und erhob sich. »Warten wir noch ein paar Tage und dann lassen wir ihn auf die Insel bringen!«

Als die beiden aus ihrem Versteck unter der Baumgruppe hervortreten wollten, schreckte Willis zurück und stoppte Brendon mit ausgestrecktem Arm.

»Warten Sie! Es ist alles voller Journalisten und Fotografen! Wie ist das möglich?«

»Da will einer meiner Leute mal wieder ein paar Dollar dazuverdienen«, seufzte Brendon mit einem bitteren Lächeln auf den Lippen. »Das wäre nicht das erste Mal! Leider!«

»Unglaublich!« erwiderte Willis mit besorgtem Gesichtsausdruck. »Und was machen wir jetzt?«

»Sie bleiben einfach hier im Schatten der Bäume stehen, bis ich die Neugierde der Journalisten gestillt habe und die Fotografen zufrieden mit ihren Bildern sind. Ich sage, dass ich mir den Golfplatz für einen Event genauer angesehen wollte.«

»Und Sie meinen, das klappt?«

»Hundert Prozent! Ich kenne meine Pappenheimer! Sie brauchen ihre Show, außergewöhnliche Titelseiten mit möglichst skandalösen Fotos und dann geben sie Ruhe!«

»Nun müssen wir uns ein neues Versteck für unsere Treffen suchen!« sagte Willis etwas traurig. »Schade, es war ein so idyllisches Plätzchen!«

»Ja, aber wir finden bestimmt etwas Ähnliches«, beruhigte ihn der Präsident. Er atmete noch einmal tief durch und verabschiedete sich. »So, jetzt muss ich los! Machen Sie es gut, General!«

Bevor er aus der Baumgruppe hervortrat, drehte er sich jedoch ein letztes Mal um.

»Hat Exel Ihnen eigentlich schon etwas von seiner neuen Idee erzählt?«

»Von welcher Idee?« fragte Willis verdutzt.

»Der Simulation!«

»Welcher Simulation?«

»Fragen Sie ihn selbst, Willis. Ich muss jetzt gehen.«

Dann ließ er den General im Schatten der Bäume zurück und ging ruhigen Schrittes auf die drängende Gruppe von Journalisten und Fotografen zu, die – von den Bodyguards in Zaum gehalten – um einen Platz in der ersten Reihe kämpften.

30

»Ich bin absolut sicher, dass John keine Simulation geschaffen hat!«

Annie richtete die Worte an die vielköpfige Gruppe, die sich in einer Telekonferenz zusammengefunden hatte. Es waren alle anwesend, besser gesagt ... fast alle ... bis auf die drei Außerirdischen.

»Kannst du mir bitte erklären, wie du da so sicher sein kannst!« fragte Jeff und stellte damit die Frage, die allen anderen auf der Zunge lag.

»Ganz einfach, mein Lieber! Nenn es, wie du willst ... weibliche Intuition!« antwortete Annie ohne viele Umschweife.

»Weibliche Intuition? Und seit wann sollte die weibliche Intuition bedeutender sein als die Wissenschaft?« beharrte Jeff und fing sich einen tödlichen Blick von Gina ein, die neben ihm vor dem Bildschirm saß.

»Seit wann?« wiederholte Annie seine Frage. »Seit jeher! Solange man denken kann!«

Jeff wollte gerade beleidigt antworten, als Dickkopf sich in gelassenem, aber bestimmtem Ton einmischte.

»Jeff ... ich bin überzeugt, dass Annie, wenn sie zu dieser Aussage gekommen ist, ihre guten Gründe hat. Sie hat sich in der Vergangenheit noch nie geirrt!«

Dann wandte er sich direkt an Annie.

»Und welche Vorstellung hast du von der gesamten Situation?« fragte er voller Interesse.

Annie nahm sich einen Moment Zeit, um die richtigen Worte zu finden.

»John ist überzeugt, aus einem ganz bestimmten Grund auf die Erde geschickt worden zu sein ...«, es folgte eine Pause, »... und zuletzt schien er sich auch zu erinnern ...«

»… und an was schien er sich zu erinnern?« unterbrach sie Gina, die wie so oft ihre Neugierde nicht bändigen konnte.

»Na ja, zuerst sprach er davon, dass eine riesige Gefahr unser Universum bedrohe und dann …«, Annie hielt inne und sah unsicher in die vielen fragenden Augenpaare auf dem Monitor, »… und dann, wie soll ich es sagen, dann hat er auf einmal losgelacht wie ein Verrückter!«

»Losgelacht?« schallte die Frage im Gleichklang aus den Münden der ungläubigen Zuhörer.

»Ja, er hat wie verrückt gelacht und gesagt, dass er sich nun erinnern könne!«

»Und dann?« fragte Gina.

»Nichts! Er hat mich einfach stehen lassen und …!«

»Wie stehenlassen? Und das hast du dir gefallen lassen?« hakte Gina nach.

»Moment mal, Gina!« sagte Dickkopf und versuchte, erneut Ruhe ins Gespräch zu bringen. »Lass Annie bitte ausreden!«

Diesmal fing sich Gina einen tödlichen Blick von Jeff ein und verstummte.

Der Ex-Präsident legte beruhigend die Hand auf die Schulter seiner Nichte, die neben ihm saß.

»Warum denkst du denn, dass John keine Simulation geschaffen hat?«

»Zuerst wollte ich mit ihm im Park laufen gehen, aber John hatte keine Lust. So dachte ich, ihn durch ein Computerspiel dazu zu bringen, sich eventuell an seine eigene Programmierung zu erinnern.«

»Und wie hat John darauf reagiert?« fragte der Onkel.

»Er wollte nicht Krieg spielen und so habe ich ihm eine andere Simulation vorgeschlagen, eine Art Weltschöpfung, in der sich der Spieler die Urwelt mit einer Handvoll Eingeborenen nach den eigenen Vorstellungen gestalten kann.«

Nun mischte sich Jeff wieder in die Telekonferenz ein.

»Das müsste ihm doch als Außerirdischen gefallen haben. Es ist wie die Erschaffung der Erde durch den Schöpfer! Das würde sogar mir gefallen!«

»Genau das dachte ich auch, aber als ich das Wort Gott erwähnt habe, ist John völlig durchgedreht.«

»Aber du hast doch gesagt, er habe gelacht?« bemerke Jeff überrascht.

»Ja, aber erst später!«

»Und wann genau hat er gelacht«, fragte nun Dickkopf voller Neugierde.

»Als ich gesagt habe, dass ein bisschen frische Luft ihm sicher gut tun würde!«

»Und was ist daran so lustig?«

»Keine Ahnung!« antwortete Annie etwas ratlos. »Am besten fragt ihr ihn einfach selbst!«

31

Nachdem sich unsere Freunde menschlichen Ursprungs in einer Telekonferenz ausgetauscht hatten, trafen sich die drei Außerirdischen im Ufo am Seegrund von Garden City, um über das Schicksal der Menschheit zu diskutieren.

Exel saß auf seinem Sofa und verfolgte durch die riesige Glaswand die Bewegungen der Fische, die ihrerseits gemütlich im Wasser schwimmend die Insassen des Raumschiffes beobachteten. John ging nervös auf und ab, während Mefisto, mit Nonchalance auf die Rückenlehne des Sofas gestützt, die beiden mit einem maliziösen Lächeln betrachtete.

»Man kommt sich vor wie in einem Aquarium …« kommentierte Exel lachend, »… nur dass auch wir Teil des Aquariums sind!«

Dann wandte er sich in ernstem Ton an John.

»Lieber John, wir oder besser gesagt, vor allem ich, dachten, dass all diese Herrlichkeit, und damit meine ich das gesamte Universum, eine Simulation sei. Annie berichtete hingegen, dass du von einer Katastrophe gesprochen hast und dich an etwas sehr Wichtiges erinnern konntest. Nun kann ich nur hoffen, dass du uns beide in Kenntnis setzen wirst, um welch schreckliche Gefahr es sich handelt.«

John war vor dem Sofa stehen geblieben und kratzte sich bei Exels Worten nervös den Nacken.

»Na ja … die Gefahr droht nicht dem gesamten Universum … sondern nur der menschlichen Rasse«, gab John zu.

»Puhhh, ein bisschen erleichtert bin ich schon«, gestand Exel ehrlich.

»Du bist vielleicht ein mieses Wesen!« brummte die blonde Dame und beugte sich von oben über den sitzenden Exel. »Dir scheint ja das Wohl unserer lieben kleinen Teufelchen gar nicht am Herzen zu liegen!«

»Natürlich liegt es mir am Herzen«, widersprach Exel. »Deshalb sind wir ja hier. Wir wollen eine Lösung finden!«

Dann stand er auf und stellte sich direkt vor John, beide Hände in die Hüften gestemmt.

»John, um eine Lösung zu finden, muss man zunächst einmal das Problem kennen. Daher wären wir dir unglaublich dankbar, wenn du uns endlich sagen könntest, um welches Problem es sich eigentlich handelt!«

John schaute um sich, als suche er irgendeine helfende Hand, die er jedoch nicht fand. Dann nahm er seinen ganzen Mut zusammen und sagte:

»Wisst ihr, es ist mir wirklich peinlich!«

»John, sag uns jetzt endlich, worin das Problem besteht!« stöhnte Exel ungeduldig.

»Okey, okey!« beruhigte ihn John. »Zunächst solltet ihr wissen, dass unsere Rasse sehr alt ist, man könnte fast sagen … unsterblich. Aber wie bei jeder fantastisch erscheinenden Sache gibt es die Kehrseite der Medaille: unsere Frauen sind, oder besser gesagt waren, nicht sehr langlebig. Sie lebten viel kürzer als die männlichen Nachkommen, so dass wir Männer zuletzt alleine waren und schließlich nur mein Vater und ich übrig geblieben sind.«

»Ach, welch traurige Geschichte!« kommentierte der Satane mit einem ironischen Lächeln. »Aber erzähl weiter, es klingt interessant.«

»Ich verstehe nicht, was es da zu lachen gibt, mein lieber Teufel! Diese Situation beunruhigte meinen Vater sehr und so beschloss er, eine neue, mit uns völlig identische Rasse entstehen zu lassen, die nach uns weiterleben und Güte und Gerechtigkeit in unserem Universum garantieren sollte. ..«

»… Güte und Gerechtigkeit! Welch große Worte!« unterbrach ihn Mephisto, offensichtlich nicht einverstanden. »Weißt du, mein lieber John, ich will genau das Gleiche, nur dass wir verschiedene Meinungen über Güte und Gerechtigkeit haben!«

»Hör endlich auf, Satane!« fuhr Exel den Teufel an. »Lass ihn ausreden!«

Und so fuhr John mit seiner Erzählung fort.

»Nur dass Vater wieder einmal des Guten zu viel tun musste. Er hat eine Art Drüse erschaffen, beim Computer würde man von einem Chip sprechen, die von Generation zu Generation für eine dauernde Verbesserung der Hirnfunktion der neuen Individuen sorgen sollte. Um einen weiteren Ausdruck der Computerwelt zu verwenden, die Drüse sollte ein fortlaufendes Upgrade gewährleisten.«

»Eine stetige Evolution der neuen Rasse! Tolle Idee! Aber wo liegt das Problem?« fragte Exel neugierig.

John sah ein bisschen verloren in die Runde und suchte nach den richtigen Worten. Schließlich atmete er einmal tief durch und sprach weiter.

»Wir wissen nicht, woran es liegt, ob mein Vater einen Fehler bei der Programmierung gemacht hat oder ob ein Virus oder Bakterium vom Mars die korrekte Funktionsweise der Drüse verändert hat. Auf jeden Fall bewirkt die Drüse jetzt … genau das Gegenteil!«

Nach einem Moment absoluter Stille brach der Satane in einen Lachkrampf aus.

»Ha ha ha, willst du damit sagen, dass die Menschen statt immer intelligenter immer dümmer werden? Ich lach mich tot! Statt Evolution und Fortschritt reden wir über Involution und Rückschritt! Der arme Darwin dreht sich bestimmt im Grabe um!«

»So einfach ist es nicht …«, entgegnete John, »… das wahre Problem ist, dass bei einigen Menschen, auch wenn es in der Tat sehr wenige sind, die Drüse perfekt funktioniert. Ich spreche von Menschen wie Leonardo da Vinci, Newton, Einstein und so weiter.«

»Und wo liegt dann das Problem?« fragte Exel, ohne lange zu überlegen. »Es funktioniert doch, wenn auch nur für eine Minderheit!«

»Das Problem, lieber Exel, liegt in der Tatsache, dass wir aufgrund dieser Minderheit von genialen Köpfen eine enorme Überzahl an völligen Idioten auf der Welt herummarschieren lassen.« John hob ratlos die Schultern und ließ sie wieder fallen. »Und fragt mich nicht warum, aber … je dümmer sie sind, umso mehr pflanzen sie sich fort!«

»Ach, jetzt verstehe ich das Sprichwort der Menschen«; lachte Exel, »dass die Mutter der Idioten immer schwanger ist!«

»Da gibt es gar nichts zu lachen! Das sollte auch ein grotesker Geist wie du sofort verstehen«, entgegnete John genervt.

»Ich begreife weiterhin nicht, wo das Problem liegt. Es sind so viele Idioten in den Galaxien unterwegs ...«, und hob unbewusst seine Hand und richtete sie auf den Teufel, der dem Streitgespräch bis jetzt mit Vergnügen folgte.

»Moment, Moment, Exel! Die Tatsache, dass ich Idioten bevorzuge, weil sie manipulierbar sind, sich leichter überzeugen und bestechen lassen, bedeutet noch lange nicht, dass auch ich ein Idiot bin«, mischte er sich ein. »Aber sehen wir das ganze doch einmal von der positiven Seite. Sie bringen ein bisschen Folklore! Stellt euch doch mal ein Universum vor, das nur von Genies bewohnt wird! Völlige Kontaktunfähigkeit! Ja, das wäre die Folge! Alle so intelligent, dass sie alles von allem wissen. Kein Austausch von Ideen, keine Gespräche, da jeder alles besser wüsste als der andere! Von daher ...« sprach Mephisto nun John direkt an, »... kann auch ich nicht verstehen, wo das Problem liegen sollte!«

»Unser Markenzeichen! Das ist das Problem!« verkündete John mit fester Stimme.

»Euer Markenzeichen?« platzten Exel und der Satane quasi gleichzeitig heraus.

»Ja! Das Markenzeichen, liebe Intelligenzbomben!« sagte John leicht genervt. »Würde es euch gefallen, in die Geschichte einzugehen als Schöpfer einer Rasse völliger Idioten?« fragte John. » Meinem Vater nicht!«

»Aber man kann doch mal einen Fehler machen«, räumte Exel großherzig ein, um John zu beruhigen.

»Einen Fehler?« wiederholte John und man konnte nicht verstehen, ob er es ironisch oder zynisch meinte. »Wisst ihr, auch wir leiden, wenn auch selten, manchmal an Arteriosklerose.«

Der Satane schien sichtlich amüsiert.

»Nein, das glaube ich einfach nicht! Ha ha ha, ein Gott, der an Arteriosklerose leidet! Nicht einmal in meinen wildesten Träumen hätte ich gedacht, dass so etwas möglich ist!«

»Schluss jetzt, verfluchter Teufel! Lass ihn ausreden!« unterbrach Exel den Satanen und lud John zum Weitersprechen ein:

»Bitte mach weiter, John! Ich denke, dass nun wirklich der Moment gekommen ist, in dem du uns alles sagen solltest:«

»Es gibt nicht viel zu sagen«, fuhr John verzagt fort. »Es fehlen nur noch wenige Stunden bis zum Untergang der menschlichen Rasse. Mein Vater hat irgendein Objekt auf die Erde gesandt, das zu einem bestimmten Zeitpunkt eine Art Welle über den Planeten aussenden soll, deren Frequenz die fehlerhafte Drüse in den Menschen zum Explodieren bringt.«

»Und wann soll diese Katastrophe stattfinden?« rief Exel sichtlich besorgt.

»Tja …«, John breitete trostlos die Arme aus, »… es hätte eigentlich schon vor längerer Zeit geschehen sollen, aber dann hat mein Vater meinen Bitten nachgegeben und mich auf die Erde geschickt, um zu prüfen, ob irgendeine alternative Lösung besteht. Aber, wie ihr wisst, ist irgendetwas schiefgelaufen und ich habe meine Erinnerung verloren und … somit auch diese letzte Chance verpasst.«

»Kurz und gut, John, wie viel Zeit haben wir noch?« drängte nun Exel.

»*Wir* … haben so viel Zeit, wie wir wollen, lieber Exel!« antwortete der Teufel an Johns Stelle. »Da wir diese Drüse nicht besitzen, sind wir immun gegen die Wellenfrequenz! Die Menschheit hingegen, wenn sich nichts ändert, hat wohl nur noch wenige Stunden … und dann …!«

… fielen die drei in ein tiefes Schweigen, denn die Zeit für Worte war abgelaufen!

32

Die herrliche Blume erhob sich in ihrer ganzen Schönheit inmitten einer grünen Wiese in den Schweizer Alpen.

Niemand konnte auch nur im Entferntesten ahnen, dass sich hinter dem Trugbild schillernder Farben die todbringende Kreatur einer Parallelwelt verbarg. Hätte sie erleichtert aufatmen können, so hätte sie es getan, hingegen begann sie, mit höchster Konzentration all ihre Blütenblätter in Vibration zu versetzen.

Endlich war der Moment gekommen! Sie hatte zu jedem Gehirn jedes einzelnen Angehörigen der sogenannten menschlichen Rasse Kontakt aufgenommen und nun bestand ihre Aufgabe darin, all diese Gehirne auszulöschen. Ihr war bewusst, was dies bedeutete und es tat ihr leid, aber Arbeit war nun einmal Arbeit! Und sie würde ihren Auftrag plangemäß durchführen.

Die Blütenblätter begannen immer schneller zu vibrieren, um zu einem bestimmten Zeitpunkt genau die Frequenz zu erreichen, die den vom Auftraggeber gewünschten Effekt erzielen sollte.

Kurz bevor die Wellenfrequenz ihr Maximum erlangte, wirkte sie sich bereits auf ihr nahes Umfeld aus: im Gletscher an der gegenüberliegenden Seite des Tales bildete sich ein Riss, der eine riesige Lawine mit lautem Getöse abwärts stürzen und die Erde erbeben ließ. Na ja, wie so oft: der typische kollaterale Effekt mit unerwarteten Folgen.

Eine Kuh, die auf besagter Wiese in Ruhe vor sich hin graste, wurde durch das unerwartete Geräusch so erschreckt, dass sie die Kontrolle über ihren Schließmuskel verlor und sich einer gewaltigen Menge an Fäkalien entledigte. Da sie weder eine Hose noch Windeln trug, fiel die übelriechende Masse, der Schwerkraft folgend, dem Boden entgegen und begrub die herrliche Blume komplett unter sich. Diese wiederum löste sich in den ätzenden Säuren des dampfenden Kots vollkommen auf … kurz bevor die Wellenfrequenz ihren Höhepunkt erreichen konnte.

Ein eher unrühmlicher Tod für den Berufskiller aus anderen Dimensionen!

Das einzig Positive für Killer und Auftraggeber war, dass niemand jemals erzählen konnte, was wirklich vorgefallen war: ein Kuhfladen wurde zum Retter der Menschheit!

33

Auf dem Raumschiff des Außerirdischen herrschte das reinste Chaos! Auch die Atmosphäre, die man einatmete, war nicht einfach zu deuten: Euphorie mit einem Spritzer Ungläubigkeit, umgeben von einem Mantel der Besorgnis.

Als perfekter Gastgeber ergriff Exel als erster das Wort und wandte sich an die geladenen Gäste:

»Zunächst möchte ich mich für euren Besuch bedanken und den anwesenden Menschenkindern gratulieren: Annie, Gina, Jeff, Willis und unserem geliebten Ex-Präsidenten!«

Mit weit ausholender Geste zeigte er auf Ophelia, deren Hologramm zu seiner rechten im Raum schwebte, während links von ihm John und Mephisto, weiterhin in Form der wohlgeformten Blondine, standen.

»Vielleicht kann uns Ophelia erklären, warum unsere lieben Freunde, wie alle anderen Erdbewohner, sich weiterhin des Lebens erfreuen, anstatt nach einem plötzlichen, unerwarteten Ende tot am Boden zu liegen. Bitte, Ophelia!«

Neben dem Bordcomputer materialisierte sich eine grafische Darstellung.

»In diesem Schaubild können wir die elektromagnetische Schwingung erkennen, von der die Erde umgeben wird«, begann Ophelia. »Ihre Grundfrequenz liegt bei zirka 7,8 Hz mit einer Wellenlänge, die dem Umfang der Erde entspricht.«

Das Hologramm machte eine kurze Pause, um den Zuschauern Zeit zu geben, die Darstellung in Ruhe zu betrachten.

»Wenn ihr das Diagramm genauer anseht, werdet ihr bemerken, dass unsere, besser gesagt, meine Messgeräte einen plötzlichen Anstieg der

Frequenz gemessen haben. Einen Anstieg, der in wenigen Sekunden höchste Werte erreicht hatte, Werte, die bei einigen zusätzlichen Hertz die Gehirne aller auf dem Planeten lebenden Menschen zerstört hätten.«

Erneute Pause.

»Aber kurz bevor dies eintreten konnte, endete das Phänomen unglückli… »

»Ophelia!« unterbrach Exel entrüstet seinen Bordcomputer, deren Menschenliebe er nur allzu gut kannte.

» … glücklicherweise …« fuhr Ophelia nach einem Räuspern lächelnd fort, »… und die Menschen wurden vor diesem schrecklichen Ende bewahrt!«

Ein spontaner Applaus brach im Wohnzimmer des Raumschiffes aus, ein Applaus, den Exel mit einer tiefen Verbeugung begleitete. Als wieder Ruhe eingetreten war, fuhr er mit ernster Miene fort:

»Auf der Basis dieser Tatsachen müssen wir uns jedoch neue beunruhigende Fragen stellen. Erstens: wird es einen weiteren Versuch geben, um die menschliche Rasse auszulöschen? Zweitens: falls nicht, welches Ende wird die Menschheit erleiden … bei immer mehr Idioten und weniger intelligenten Menschen? Zum Dritten und abschließend: ist es eigentlich so dramatisch, dumm zu sein? Aber hier ist der Mann … na ja, als Mann kann man ihn eigentlich nicht bezeichnen …, der diese Fragen beantworten kann! Ich spreche vom Sohn … sagen wir … des Schöpfers der menschlichen Rasse! Du hast das Wort, John!«

John trat schüchtern einen Schritt vor, atmete tief durch und begann:

»Ich bin mit meinem Vater in Kontakt getreten, über die Pyramide. Auch er weiß nicht, was vorgefallen ist. Er war …«, John überlegte kurz, »… zu sagen verärgert, wäre ehrlich gesagt untertrieben. Er hat gedroht, selbst auf die Erde zu kommen, um dem Dasein der Menschheit ein Ende zu setzen!«

John bewegte sich etwas unbeholfen und versuchte die passenden Worte für die Ereignisse zu finden.

»Na ja, zuletzt habe ich ihm das Versprechen entreißen können, die Menschen in Ruhe zu lassen … unter der Bedingung …«, seine Verlegenheit wurde immer größer, während alle Anwesenden an seinen Lippen hingen, »… unter der Bedingung, dass die Drüse … ja, diese Drüse der Intelligenz … deaktiviert würde. Dafür habe ich bereits durch die Pyramide gesorgt! Tut mir wirklich leid, aber es war die einzige Möglichkeit, das Ende der Menschheit zu vermeiden!«

»Soll das heißen, dass wir nun alle gleich dumm sind?« fragte Jeff, bestürzt über die Worte, die er gerade ausgesprochen hat.

»Welch herrliches Beispiel von Demokratie!« mischte sich der Satane vorlaut ein. »Früher oder später werden alle Menschen gleich dumm sein! Kein Einstein mehr, kein Michelangelo und dergleichen! Ich weiß nicht, was ihr davon haltet, aber ich liebe diese Idioten. Man kann sie problemlos von den absurdesten Dingen überzeugen, ihnen alle möglichen Märchen erzählen und … sie glauben auch noch daran. Das Schönste an der ganzen Sache ist, dass sie sich für so schlau halten, es sogar mit dem Teufel aufnehmen zu können. Mit mir! Hahaha! Glaubt mir, ich habe eine Unmenge von ihnen kennengelernt! Und wo sind sie eurer Meinung nach gelandet?«

»In der Hölle!« entgegnete Exel genervt. »Zufrieden? Nun lass John endlich antworten!«

»Jeff, es bedeutet nur, dass ab jetzt kein Upgrade mehr stattfinden wird. Ab heute muss jeder Mensch sich selbst um seine Intelligenz kümmern, da mein Vater jegliche Verantwortung an die einzelnen Individuen abgegeben hat.«

»Ein Upgrade, das schon seit langer Zeit nicht mehr funktioniert!« fügte Exel hinzu. »Wenigstens für den größten Teil der Menschen! Und die Konsequenzen sind ganz offensichtlich. Bis auf wenige Ausnahmen verdummt der Großteil der menschlichen Rasse. Deswegen wollte dein Vater sie ja auslöschen!«

»Nun hört endlich auf!« unterbrach Luzifer diesmal ohne jegliche Ironie.

»Ich bin seit sehr langer Zeit auf diesem Planeten, viel länger als du, Exel«, der nur nickend zustimmen konnte, »und ich kann euch garantieren, dass Idioten immer existiert haben, auch unter denen, die sich Wissenschaftler nennen. Bedenkt doch nur, dass man auch heute noch an der Evolutionstheorie festhält! Unglaublich! In den Jahrtausenden meines Daseins auf der Erde habe ich Affen immer nur Affen gebären sehen, auch wenn ich zugeben muss, dass es Menschen gegeben hat und immer noch gibt, die ebenfalls Äffchen gebären. So können zum Beispiel auf der Erde … auf welch anderem Planeten sollte es sonst möglich sein … Menschen zu Millionären werden, weil sie total verschlissene Hosen voller Löcher verkaufen! Ich würde sagen eine Mode, die auch den Intelligentesten der Schöpfung als totalen Idioten erscheinen ließe.«

Der Teufel legte eine Kunstpause ein und verzog sein Gesicht zu einem hämischen Lächeln.

»Na ja, ich muss zugeben: ein bisschen ist es auch meine Schuld! Ich habe die Idioten immer in ihrem Verhalten bestärkt, aber ich kann euch versichern, dass sie auch ohne meine Unterstützung so gehandelt hätten.«

Ophelia, die die ganze Zeit geschwiegen hatte, meldete sich zu Wort.

»Vom hohen Niveau meiner künstlichen Intelligenz kann ich dem Satanen nur recht geben! Die Menschheit ist so zahlreich geworden, dass es bald nicht mehr genug Nahrung geben wird, um sie zu sättigen. Und was mich dabei am meisten überrascht, ist die Erkenntnis, dass je ärmer die Menschen sind, umso mehr Kinder bringen sie auf die Welt, obwohl sie genau wissen, dass sie sie nicht ernähren können, während diejenigen, die die wirtschaftlichen Möglichkeiten hätten, zahlreiche Kinder groß zu ziehen, nur wenige in die Welt setzen. Wenn das keine Idio…«

»Danke für deine klare Analyse«, unterbrach Exel erneut seinen Bordcomputer. »Wir alle wissen, dass es viele dumme Menschen auf diesem Planeten gibt. Die Frage ist nur, ob ihr es schaffen werdet, die Kultur auf diesem Niveau zu halten, oder ob eure Zivilisation ganz langsam, Schritt füt Schritt wieder in das Stadium des Steinzeitalters zurückfallen wird?«

»Das weiß ich nicht …«, rief Gina verärgert auf, » … und will es auch gar nicht wissen. Aber eines ist sicher, ich werde dieser Stinkerin nicht erlauben …«, und dabei zeigte sie auf die kurvenreiche Blondine in ihrer Schwefelwolke, »… dass sie mich nur wegen meiner zerrissenen Jeans als Idiotin bezeichnet!«

»Verflixt noch mal!« mischte sich nun John aufgebracht ein. »Wir versuchen hier, die Lösung für ein riesiges Problem zu finden und ihr führt euch auf wie völlige Idioten! Mein Vater hat wirklich recht! Und du, lieber Luzifer in Frauengewand, scheinst um nichts besser zu sein als sie!«

»Das ist ja auch verständlich!« meldete sich Jeff. »Sowohl das Teufelchen als auch der außerirdische Balletttänzer sind schon sehr lange auf der Erde. Ihr kennt doch sicher den Spruch: *Schlechter Umgang verdirbt gute Sitten.*«

Annie, die das Streitgespräch bis jetzt in Ruhe mitverfolgt hatte, stand langsam vom Sofa auf.

»Darf ich dich etwas fragen, John? Mit den vielen grauen Zellen, die wir im Kopf haben, brauchen wir da unbedingt diese Drüse, um unser Gehirn funktionieren zu lassen?«

»Meine Liebe, genau darin liegt das Problem! Mein Vater musste wie immer die Dinge in großem Maßstab anlegen. So hat er die Menschen mit einem Gehirn erster Wahl ausgestattet. Nur verarbeitet dieses einfach zu viele Informationen und erzeugt daher eine unglaubliche Menge an Ideen, von den brillantesten zu den idiotischsten. Dadurch wiederum kommt es zu einem Kurzschluss, der das korrekte Funktionieren des Gehirns verhindert. Die sogenannte Drüse diente als eine Art Filter, der in euren Köpfen ein bisschen Ordnung schaffen sollte.«

»Entschuldige, John!« hakte Annie nach. »Aber wie sollte eine solch hohe Intelligenz völlig schwachsinnige Verhaltensweisen hervorbringen?«

»Hahaha … da könnte ich dir tausende von Beispielen nennen, aber fangen wir mal mit einem banalen an: man könnte sagen, dass die Konstruktion eines Ferraris ein fast geniales Werk ist, aber ihn um ein Vermögen zu kaufen, um dann mit durchschnittlich siebzig oder maximal einhundertdreißig Stundenkilometern zu fahren, ist völlig absurd!«

»Aber John«, säuselte Annie mit einem Monalisalächeln, »wenn ich mich richtig erinnere, bist auch *du* der stolze Besitzer eines Ferrari!«

»Das *war* ich, Annie, das *war* ich. Und vergiss bitte nicht, dass mir meine Erinnerungen von dir und deinem Onkel eingesetzt worden sind.«

»Ja schon …«, musste Annie kleinlaut zugeben, setzte jedoch aufmüpfig hinzu, »aber der Ferrari gehörte meinem Onkel, nicht mir!«

»Lassen wir die Mode völlig verschlissener Jeans und superschneller Sportwagen beiseite. Dies sind lächerliche Dummheiten im Vergleich zu anderen Dingen, die meinem Vater viel mehr am Herzen lagen. Drogen, die unkontrollierte Geburt vieler Kinder, die an Hunger sterben müssen, Kriege aufgrund von Machtgier oder Religionsfragen. Liebe Annie, wie du siehst, ist eure hohe Intelligenz leider zu vielen schwachsinnigen Verhaltensweisen fähig!«

Betretenes Schweigen erfüllte den Wohnraum des kleinen Raumschiffes.

»Es gibt nur eine Möglichkeit, um aus dieser Situation wieder raus zu kommen!« erklärte Exel voller Überzeugung. »Wir müssen den Menschen beibringen, diese verflixte Drüse zu ersetzen.«

»Genialer Vorschlag!« warf Mephisto voller Sarkasmus ein. »Und wie soll das funktionieren? Willst du ihnen ein Sieb in den Kopf stecken, welches all ihre Ideen filtern soll?«

»So ähnlich! Nur wird nicht ein Sieb, sondern ihr eigener Kopf der Filter sein. Sie könnten zum Beispiel jedes Jahr zu einem bestimmten Zeitpunkt die ersten zehn Ideen niederschreiben, die ihnen in den Sinn kommen, sich auf diese konzentrieren und sie ausarbeiten, die anderen hingegen fallen lassen.«

»Und wer garantiert uns, dass es sich um brillante Ideen handelt und keinen totalen Schwachsinn?« fragte Gina mit zweifelndem Gesichtsausdruck.

»Niemand!« bestätigte Exel mit einem Lächeln. »Es werden sicher viele Dummheiten dabei sein. Aber machen wir ein einfaches Rechenexempel: in diesem Moment leben zirka sieben Milliarden Menschen auf dem Planeten Erde. Nun gehen wir davon aus, dass sagen wir mal eine Milliarde, Kinder, Analphabeten, chronisch Kranke, Demente, et cetera, et cetera ausgeschlossen, diese zehn Ideen aufschreibt. Dann hätten wir ein Ergebnis von zehn Milliarden Ideen! Wenn auch nur eine dieser jeweils zehn Ideen gut wäre, würde der Menschheit jedes Jahr eine Milliarde ausarbeitungswürdiger Ideen zur Verfügung stehen. Kein schlechter Gedanke, oder?« endete Exel seine Ausführung mit dem Lächeln eines Filmhelden.

»Woooow! Welch außergewöhnliche Überlegung!« konterte der Satane voller Ironie. »Und wer soll deiner Ansicht nach den Menschenkindern dieses Märchen der zehn Ideen erzählen?«

»Das wird Aufgabe der Politik sein, der guten Politik!« ertönte die Stimme des Ex-Präsidenten, der sich in seiner ganzen Größe erhob. »Ich werde weltweit aktiv werden, um dieses Projekt mit den Regierungen der einzelnen Staaten zu besprechen, um Teilaspekte zu verbessern und bis ins kleinste Detail auszuarbeiten.«

Dann wandte er sich an Exel.

»Danke, lieber Freund! Wer weiß, vielleicht wird die Menschheit mit der Zeit lernen, ihr einzigartiges Gehirn besser zu nutzen. Nun bleibt mir nur noch eins zu sagen: Auf geht's Menschheit, lasst uns allen zeigen, wozu wir imstande sind!«

Nach diesen Worten erhoben sich die Anwesenden und brachen in stürmischen Applaus aus.

DANKSAGUNG

Danken möchten wir erneut Herrn Detlef Pütz, der nach dem Lektorat unserer beiden Bücher der Serie »Exel« (Willensfreiheit, Der Sterbende Schwan) und unserem dritten Roman »Der Präsident« erneut die Zeit gefunden hat, uns bei der Verwirklichung dieses Projektes zu unterstützen.